La grinchieuse

juin 96

Philippe Bouvard

La grinchieuse

ROMAN

Albin Michel

© Éditions Albin Michel S.A., 1996
22, rue Huyghens, 75014 Paris

ISBN 2-226-08498-3

PREMIÈRE PARTIE
Louis et les autres

Chapitre premier

— Et si ça me fait plaisir, à moi, de crier ?

Ségolène tenait tout entière dans cette fausse interrogation qui lui permettait d'affirmer qu'elle était consciente de ses éclats de voix, qu'elle jouissait de ses colères et qu'elle n'était pas près d'y renoncer. Elle n'était jamais contente de rien sinon du malheur d'autrui — surtout lorsqu'elle avait contribué à le provoquer — ni de personne — sinon d'elle-même, parée à son sens de toutes les vertus du caractère et de l'intelligence. On lui avait fait, dans l'immeuble d'abord, dans le quartier ensuite, la réputation de « pas commode » accolée à l'étiquette de « méchante » fortifiée par le suicide du gnome barbu qui partageait sa vie et son quatre pièces avec terrasse depuis quelques années. Comme Gontran — le prénom lui allait comme un gibus à un caniche — s'était pendu, Ségolène, après avoir vainement sollicité ses glandes lacrymales, avait imaginé une explication qui, pensait-elle, lui donnait le rôle de la victime :

— Il avait dû lire quelque part que la strangulation lui rendrait sa virilité perdue. Mais sans doute a-t-il mal calculé son coup.

A l'évocation de cette hypothèse, les condoléances s'arrêtaient. Pourquoi aurait-on plaint une maîtresse femme qu'un bout de corde maladroitement noué venait de débarrasser d'un nabot impuissant ?

Les hommes passaient dans sa vie, comme des fournisseurs de semence et des pourvoyeurs d'argent. On ne pouvait dire que l'un chassait l'autre car il y avait presque toujours entre deux liaisons un entracte assez long que Ségolène employait, selon sa phraséologie cynique, à « désinfecter la place » et à « se refaire une santé ». La solitude lui réussissait davantage que le conjungo. Elle lui offrait le semblant de sérénité qui lui manquait tant à d'autres moments et — faute de victime à portée de langue — une baisse d'agressivité qui la laissait apaisée, mais inactive et désemparée. Elle s'inquiétait devant le miroir de l'enlaidissement d'un visage sillonné par les noirceurs de l'âme en se félicitant de l'élégance d'une silhouette miraculeusement préservée, comme si son tour de taille avait été indépendant de son tour de tête. Au compagnon qui avait choisi de se donner la mort parce qu'elle lui faisait la vie impossible avait succédé — mais après un délai de décence très convenable — Louis Chrétien, soyeux de la Croix-Rousse que ses succès dans l'exportation étaient en train de faire passer de l'aisance à la richesse. Louis était ce qu'on appelle par antiphrase un brave homme parce qu'il n'avait pas le courage de résister aux femmes, d'abord à leurs avances et ensuite, une fois qu'il était dans la place, à leurs demandes pour ce qui concernait le loyer à payer. Sympathique au demeurant car la conscience de sa réussite allait de pair avec une modestie et une humilité permanentes qui, dès qu'il était attablé dans un grand restaurant, le poussaient à se demander à haute voix, et souvent à la grande surprise des autres convives ou des loufiats environnants, pour quelle raison profonde il était assis et servi tandis que d'autres étaient debout et servaient. Ségolène, que ce comportement agaçait, y décelait moins une authentique simplicité qu'un appel du pied pour qu'on l'invitât à narrer, une fois de plus, sa saga personnelle.

Dans les autres circonstances de la vie sociale, Louis faisait montre d'une confondante patience. Ségolène pouvait, sans qu'il réagît, le traiter en public d'avorton et de minable. Il souriait comme si elle eût prononcé son éloge. Cette absence de caractère incita Ségolène à passer la vitesse supérieure. A l'entendre – et il fallait avoir l'oreille dure pour ignorer ses invectives –, Louis, qu'elle avait surnommé « minuit Chrétien », était débile et malhonnête. Son parcours ascendant ne pouvait s'expliquer que par le vieux proverbe affirmant qu'au royaume des aveugles les borgnes sont rois. Et d'expliquer avec un bon sourire :

– La force de Louis, c'est de n'avoir fait des affaires qu'avec des gens plus bêtes que lui.

L'intéressé opinait, pas entièrement dupe, mais résolu à ne pas provoquer davantage de vagues chez lui que sur le second marché de la Bourse où il venait d'être fructueusement introduit. Et puis, sa position d'amant sexagénaire d'une femme qui continuait à porter la longue natte et les courtes socquettes des éternelles jeunes filles, réputée intelligente de surcroît, le flattait. Satisfaction d'amour-propre permettant d'oublier l'insatisfaction amoureuse. Sur ce plan, Ségolène n'était pas non plus une femme facile. Elle ne jouissait jamais physiquement, se contentant d'éprouver un plaisir cérébral à la pensée de faire un cadeau aussi royal à des individus qui n'en étaient pas dignes, qui ne s'intéressaient qu'à son corps et qui tenaient l'éjaculation pour l'acte majeur d'une existence jugée à l'aune de ce qu'ils admettaient ou rejetaient par leurs orifices naturels. Sur l'homme ainsi démasqué, asservissant son esprit à ses instincts, ravalé au statut d'animal en rut, Ségolène avait son idée, et elle n'était pas indulgente :

— A certains moments je me fais l'effet d'être une gardienne de porcs. A ceci près que les cochons sont plus propres, plus raffinés, plus cohérents.

Enfant, elle était déjà grincheuse, adolescente, elle devint chieuse comme d'autres se teignent les cheveux pour affirmer leur personnalité. On sut très vite que nul ne pourrait la contenter. Il en résulta des réactions mitigées : certains prétendants préférèrent passer leur chemin, d'autres, aiguillonnés par la difficulté, se mirent sur les rangs alors qu'ils ne trouvaient à la donzelle que le charme des forteresses hérissées de piques et pourvues en huile bouillante. Non qu'elle ne se rendît jamais, mais elle faisait payer si cher ses faveurs qu'on regrettait bientôt de les avoir obtenues. Elle se montrait aussi avare de son corps que de ses sentiments. Adolescente, elle ne flirtait déjà que du bout des lèvres. La famille de Ségolène n'était pas de taille à limiter ses caprices. Son père, Albert, et Hélène, sa mère, paraissaient avoir été intellectuellement et physiquement sculptés dans le saindoux. De cette graisse porcine les Rossinot avaient tiré la couleur de leur peau, l'opulence de leurs formes ainsi qu'une égalité d'humeur proche du fatalisme. Ils ne comprenaient pas d'où Ségolène tenait cette agressivité perpétuelle qui l'avait successivement fâchée avec sa nourrice, ses camarades de classe, ses grands-parents et les commerçants de la rue qui ne lui pardonnaient pas ses grands airs. Ségolène avait été baptisée sous le prénom de Georgette. C'est elle qui, vers l'âge de dix ans, avait exigé d'être appelée Ségolène, par référence à l'aristocratique héroïne d'un récit de chevalerie. Va pour Ségolène. Quand, en classe, un professeur, se fiant à sa fiche d'état civil, ordonnait à Georgette d'aller au tableau noir, elle demeurait à sa place, indifférente, puis outrée. On lisait une telle colère sur son petit visage que personne ne se serait permis de lui rappeler qu'aux yeux de la Sainte Église apostolique et romaine elle serait Georgette jusqu'à la fin des temps. Plus tard elle commenta son changement d'identité :

– On a bien le droit de choisir qui on veut être !

Pour se donner des arguments, elle dressa la liste de tous les écrivains et artistes qui, à leur patronyme d'origine, avaient préféré un pseudonyme sonnant mieux, plus court, plus long, plus français ou plus exotique et qu'on n'imaginait pas faisant carrière au théâtre, au cinéma ou dans la littérature sous un autre nom que celui qui les avait conduits à la célébrité. Élève très moyenne en dépit de son esprit vif, Ségolène n'admettait pas que son rayonnement se limitât au quartier de Tourcoing où elle avait grandi. La ville, la région, le pays, le monde attendaient de grandes choses d'elle. Elle n'avait pas l'intention de passer à côté d'un destin qu'elle prévoyait à la hauteur de son insatisfaction endémique. Ainsi s'était-elle toujours refusée à donner un coup de main le samedi dans la mercerie familiale, de la même façon qu'elle s'abstenait de toute tâche ménagère, préférant feuilleter des magazines illustrés tandis que sa mère et sa grand-mère s'activaient à préparer des petits plats auxquels elle se garderait de toucher, même si elle avait faim, même si elle jugeait leur fumet délectable, car elle s'était mis dans la tête que le geste le plus élégant était celui qu'on esquissait quand on repoussait son assiette encore pleine, afin de marquer son désaccord avec une gastronomie primaire, une famille quelconque et un train de vie sans faste. Enfant unique, elle avait fait de sa solitude forcée un système, un rempart et un piédestal puisqu'elle n'avait point à partager, sinon l'amour de ses parents, dont elle ne se souciait guère, du moins l'attention, les soins et les cadeaux qu'on eût dû, autrement, répartir entre plusieurs enfants. Bref, rien n'était trop beau pour celle qui, moins cruelle, eût été plus belle. Aux approches de la quarantaine, l'envie faisait saillir ses pommettes, la médisance avait rongé ses lèvres et la haine qu'elle éprouvait pour tout un chacun tissait de chaque côté d'une bouche qui ne s'entrouvrait jamais que pour proférer des horreurs un faisceau de ridules à mi-chemin du plissement hercynien et de la carte d'état-major. Ses cheveux eux-mêmes se rebellaient sous le peigne comme elle se révoltait contre une société qui n'avait su faire d'elle qu'une femme au foyer parmi des millions d'autres. Cet énorme dépit aurait pu se manifester seulement par le contentement de soi si elle n'avait choisi d'y ajouter très tôt le mécontentement des autres. Deux comportements qui, conjoints, creusaient chaque année un peu plus le fossé séparant ses rêves de la réalité.

A l'aube de la quarantaine, son caractère s'était tellement dégradé que les bonheurs que la vie lui avait, malgré tout, apportés ne trouvaient pas davantage grâce à ses yeux. Par exemple Victor, le fils que lui avait fait à la sauvette Gérard de Tignes, son premier amant, lui-même issu d'une longue lignée de hobereaux du Mâconnais. Ségolène aurait voulu que Victor fût un enfant prodige. Or, il était d'intelligence médiocre et refusait de manifester pour la littérature un goût qui, dans l'esprit de sa mère, eût donné des lettres de noblesse à sa bâtardise. A un ami éditeur, féru de jeunes talents, elle avait – en vain – proposé de s'intéresser à de premières pages d'écriture pompeusement baptisées poèmes. Puis elle s'était résignée à l'idée que Victor était un enfant sans histoire et avait reporté ses ambitions sur Marie-Ange, de trois ans plus jeune que Victor, née d'une brève rencontre avec un capitaine au long cours. Elle prenait pour de l'agilité intellectuelle le pétillement naturel des petites filles et affectait de confondre l'interminable monologue qu'elle adressait à ses poupées avec une vie intérieure. Peu à peu, il lui avait fallu déchanter : ses enfants n'avaient pas hérité du capital cérébral inemployé qu'elle se reconnaissait. À vingt ans, le garçon, qui faisait son service militaire, se demandait sérieusement s'il n'allait pas rempiler pour fuir les difficultés de la vie civile. La fille, elle, essayait – pour la troisième fois – de décrocher son CAP de coiffure. Pas de quoi être fière. Ségolène ne l'était pas, encore que, dans sa bouche, Victor fût doué pour le métier des armes et que Marie-Ange eût une âme d'artiste. Dans son for intérieur, elle admettait qu'elle n'avait donné le jour qu'à un sous-officier de carrière et à une trousseuse de bigoudis. En famille, elle ne s'était pas privée de leur faire remarquer qu'il n'y avait aucune raison de pavoiser et qu'elle avait conçu pour eux de plus ambitieux desseins. Des familles de l'immeuble, frappées de plein fouet par le chômage des jeunes, estimaient que Ségolène avait plutôt tiré deux bons numéros.

Elle évoquait volontiers les pannes ridicules de certains amants. Jamais leurs exploits, qu'elle jugeait grotesques. Elle ne se lassait pas de détailler les mauvais moments vécus en compagnie de paumés de la bagatelle et émettait sur le sexe prétendu fort des verdicts si définitifs qu'on ne comprenait pas qu'elle perdît encore tant de temps à le fréquenter :

– Je continue à chercher l'oiseau rare, expliquait-elle lorsqu'on la pressait de s'expliquer sur cette

16

contradiction. Louis n'est qu'un moineau de passage.

Elle ne perdait pas une occasion de lui rappeler à la fois l'indignité de sa personne et la précarité de sa situation. Il n'était, il ne serait jamais, qu'un maillon dans une longue chaîne d'amants ou assimilés qui ne duraient que tant qu'elle pouvait s'admirer dans leurs yeux. A la moindre baisse visible d'idolâtrie, leur sort était scellé. Tout au plus pouvait-on distinguer entre ceux qui fuyaient, épouvantés, sans qu'elle eût à les y inviter, ceux auxquels elle donnait la semaine pour faire leurs bagages et ceux qui devaient partir tout de suite, dans l'heure, sans avoir eu le temps de mettre de l'ordre dans leurs vêtements et leurs souvenirs, qu'elle ne raccompagnait jusqu'à la porte que pour être certaine qu'ils s'étaient éloignés d'une maison où leur présence n'était plus souhaitée.

Parce qu'elle se sentait moins Rossinot que Ségolène, elle ne s'était jamais privée d'écraser de sa différence ceux qu'elle nommait avec un brin de mépris « les médiocres de son existence ». Ni de leur prodiguer les leçons de culture et de savoir-vivre que, dans la foulée, elle les accusait paradoxalement de ne pouvoir assimiler. Il ne s'agissait point alors de chercher à rétablir l'harmonie au sein du couple en lui faisant du charme. Elle décourageait toute conciliation – fût-ce sur l'oreiller – avec une formule que comprenaient à l'instant les moins familiers du répertoire shakespearien :

– Je ne suis pas une mégère qu'on peut apprivoiser.

Car elle se montrait fière de tout ce qui eût pu l'attrister ou l'inquiéter. Ainsi attribuait-elle à son sens aigu de la courtoisie de s'être fâchée avec les voisins et les commerçants qu'elle accusait de manquements à son égard. Fâchée est sans doute un grand mot. Avec elle la rupture n'était complète que lorsque ceux qui avaient partagé son intimité et su conquérir sa personne se retrouvaient éberlués sur le trottoir, n'ayant plus le droit de considérer le lieu où ils avaient vécu que comme une citadelle désormais inexpugnable. Les autres avaient droit à des piques d'autant plus redoutables qu'elles ne permettaient jamais de conclure à l'irréparable. Au bistrotier chez lequel elle allait de temps à autre dîner, lorsque les tâches culinaires la dégoûtaient par trop, elle déclarait avant de regagner son domicile :

— Dans le fond, il ne vous manque pas grand-chose pour ouvrir un restaurant.

Le bonhomme, corrézien de souche, s'interrogeait sur le sens exact de la formule. Ségolène Rossinot avait-elle voulu indiquer par là que le modeste établissement se rapprochait de la perfection ou mettait-elle en cause sa vocation de nourrir ses contemporains ? L'exégèse étant trop subtile, le Corrézien avait décidé d'en faire l'économie. Mais il vissait le doigt sur sa tempe dès qu'on prononçait devant lui le nom de cette cliente pas comme les autres et dont, finalement, il avait un peu peur.

A sa petite couturière, Ségolène tenait un langage non moins sibyllin :

La grinchieuse

— La dernière robe que vous m'avez livrée mérite l'oscar du Salon de l'emballage.

Désireuse de conserver pratique et joie de vivre, la couturière préférait prendre la boutade comme un compliment en oubliant le ton avec lequel elle avait été proférée, et la mimique peu amène qui l'accompagnait. Quand la conversation roulait sur le terrain politique, Ségolène choisissait entre deux méchancetés péremptoires selon les convictions affichées ou supposées de son interlocuteur :

— Nous avons la droite la plus bête du monde.

— Nous avons la gauche la plus malhonnête d'Europe.

Elle riait au nez du curé qui l'incitait à plus de douceur et d'humanité pour gagner son paradis en lui conseillant d'aller raconter ses histoires à dormir debout aux ouailles mongoliennes. Même le bon Dr Perrot, surnommé Dr Perrache en raison de la localisation de son cabinet, n'échappait pas à ses foudres. Rédigeait-il — à sa demande — une ordonnance, elle lui récitait sans rire les deux articles du code pénal sanctionnant l'un, l'administration de substances vénéneuses et l'autre, l'homicide involontaire. C'est le praticien qui, au sortir d'une de ces visites qui le laissaient plus affaibli que l'hypocondriaque, avait accouché de la contraction néologique reprise par la famille, les rares amis et les innombrables autres :

— Mme Rossinot est une *grinchieuse*.

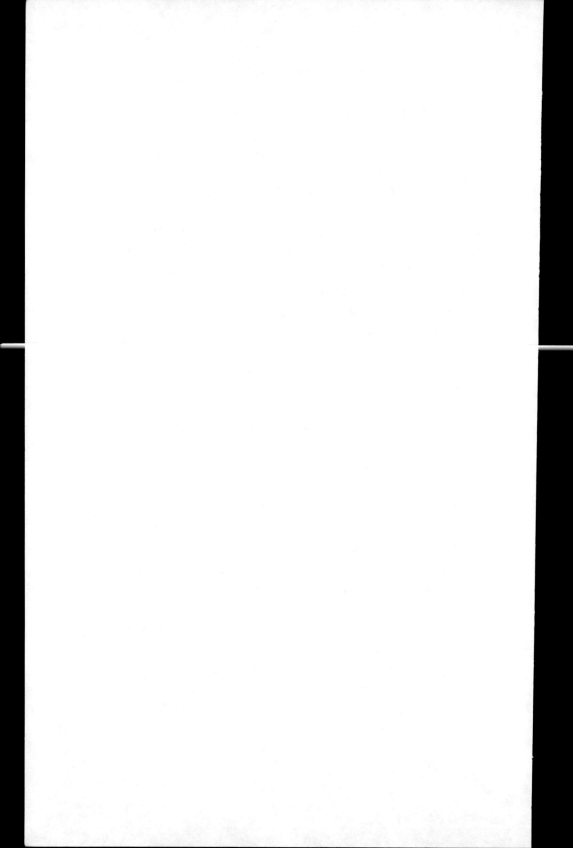

Chapitre II

Les journées paraissaient interminables à Ségolène. Certes, elle admonestait les livreurs, injuriait la concierge, rabrouait l'épicier mais en n'exposant çà et là que des griefs mineurs dans un registre mesuré. Il lui fallait attendre la fin de l'après-midi pour retrouver son tonus, son agressivité, bref, sa raison de vivre, avec le retour de Louis, victime consentante et injuriable à merci. Cela commençait avant même que le soyeux sonnât, tandis que son pas lourd martelait l'escalier. Alors, qu'elle fût seule, en compagnie ou au téléphone, elle remarquait sur un ton excédé :

– Tiens, voilà le mal blanc !

Le propos était sans gentillesse mais non sans réalité. Le pauvre Louis présentait aux regards un visage livide et boursouflé comme si on l'eût nourri d'une levure défectueuse. Il y a des obésités triomphantes, des surcharges pondérales pleines de gaieté, des pléthoriques explosant de joie de vivre, Louis ne devait d'avoir pignon sur table qu'à la mauvaise graisse. La soixantaine fatiguée, le cheveu rare, la pustule facile, la démarche lourde, il donnait une telle impression de disgrâce qu'on n'avait le choix qu'entre la compassion et le quolibet. Or, la compassion ne figurait pas dans le registre de Ségolène. Elle se tordait de douleur sous la piqûre d'un moustique mais n'avait pas la plus petite réaction de pitié devant les drames africain ou bosniaque qui semblaient exciter son appétit lorsque la télévision les lui servait à l'heure du dîner. L'infortuné Louis en prenait toute la soirée pour son grade. Ses tourments ne s'achevaient qu'au moment ou, fatiguée par ses propres invectives et après des aménités du genre « Tu as le ventre en forme d'obus mais tu n'es pas un canon », Ségolène regagnait sa chambre en concluant son monologue d'un définitif et rituel :

— Décidément, tu es trop con.

A quoi Louis se croyait obligé de répondre, alors qu'elle était déjà tout au fond du couloir :

— Les Chrétien ont toujours été des martyrs. Jésus est avec moi.

Puis, chacun s'enfermait dans la pièce qu'il s'était attribuée et où il pouvait échapper à l'autre. La nuit servait de trêve, encore qu'on pût se demander si, le fracas des armes s'étant provisoirement tu, Louis ne remâchait pas ses rancœurs et si Ségolène ne fourbissait pas ses prochaines attaques. Car l'assaut reprenait dès le petit déjeuner que Louis préparait avec amour (« Tu aimes plus le café que tu ne m'aimes moi », lui reprochait-elle) avant de le déposer triomphalement, comme s'il eût ainsi affirmé la plénitude de ses qualités morales et humaines, sur un lit où, selon l'humeur de son occupante, il était prié ou non de s'asseoir. Le couple grignotait dans un silence seulement rompu par les appréciations critiques de Ségolène :

— Ton café est du jus de chaussette, les toasts sortent d'une cimenterie.

Elle prenait d'autant plus de plaisir à débiner la préparation culinaire qu'elle n'ignorait pas qu'elle touchait le dernier domaine encore sensible de l'orgueil de Louis. Il s'était résigné à ce que son physique et son intelligence fussent jugés sévèrement, mais il ne permettait pas qu'on mît en doute ses compétences en matière de petits déjeuners. Sans doute parce que c'était la seule chose dont on lui laissait sinon l'exécution, du moins l'initiative, sûrement parce qu'il voyait là — à tort — les prémices d'une nouvelle journée, plus agréable que les précédentes. Après la dernière gorgée du breuvage contesté qu'elle prenait bien soin de ne jamais boire complètement afin de souligner sa désapprobation, la danse sacrificielle reprenait sur un sujet que Ségolène avait choisi avant de s'endormir ou que le démon lui avait soufflé durant son sommeil. Par exemple, elle laissait tomber en regardant ostensiblement les débordements de chair flasque que le peignoir de Louis ne parvenait jamais complètement à masquer :

— Je me demande ce que je fais avec une épave comme toi.

Si Louis était de bonne humeur il se bornait à remarquer :

— Je vais te le dire, moi : tu attends mon argent.

Si la coupe lui semblait pleine il montait au filet :

— Et moi qui n'aime que les petites blondes rondelettes et aimables, que fais-je avec une grande brune maigre et désagréable ?

Abandonnant le terrain des particularités physiques, Ségolène embrayait sur les caractéristiques morales et sociales :

— Quand je compare la noblesse de mère Teresa et l'abnégation de l'abbé Pierre à ta petite vie, ton petit commerce, tes petites ambitions, j'ai honte.

— Tu as tort, rétorquait-il, car mère Teresa et l'abbé Pierre ne t'ont jamais aidée en quoi que ce soit alors que moi, je ne cesse de te prouver mon amour.

Elle cueillait au vol le dernier mot :

— Ah oui ! l'amour ! parlons-en. Qu'est-ce que c'est pour toi, l'amour ?

— C'est t'aimer et ne pas en aimer d'autre.

— Autrement dit, ne pas coucher avec les femmes qui ne veulent pas de toi dans leur lit.

— Il y en a davantage que tu ne penses qui m'apprécieraient.

— Dame, avec trois millions de chômeurs on ne peut plus être très regardant...

— Au moins celles-là ne chôment-elles pas au lit.

Louis répondait à sa manière, rudimentaire et instinctive, mais il ne se tenait pas coi comme la plupart de ses prédécesseurs qui avaient si vite baissé la garde que Ségolène éprouvait l'impression frustrante de ne pourfendre que des cadavres. Au bout d'un quart d'heure d'échanges qui allaient du taquin au discourtois pour culminer dans le vexatoire, Ségolène se réfugiait dans ses appartements tandis que Louis partait pour le bureau, généralement salué par une remarque peu flatteuse :

— Le rat va retrouver son fromage. Grignote bien, mon ami. Fais ton trou à tes mesures.

Depuis quelques semaines, elle ne disait plus Louis ou Chrétien lorsqu'elle parlait de lui mais « le rat » et, ce faisant, évoquait moins le rongeur que la première syllabe du mot radin, qualificatif que Louis ne méritait pas car il avait le cœur sur la main et le portefeuille jamais loin de la dextre. Elle ne le gratifiait pas en retour du moindre « merci ». C'était un mot qui ne pouvait franchir la barrière de ce qui lui restait de lèvres. Elle ressentait l'expression de la gratitude comme une incongruité, comme une faute de goût, comme un aveu de faiblesse. Lorsqu'il s'en plaignait, elle ne lui cachait pas le fond de sa pensée :

— Tu ne me fais des cadeaux que pour m'humilier et pour me dominer. Raté, mon bonhomme, car plus tu me donnes et plus je te dis merde !

Elle refusait la dépendance mais nullement les libéralités auxquelles elle reprochait de l'établir. Aux anniversaires et aux fêtes elle avait ajouté de multiples circonstances qui justifiaient l'offrande propitiatoire à sa divinité. Pour ses quarante ans, dont la célébration avait duré douze mois, Louis avait fait tisser un carré de soie reproduisant le portrait de Ségolène. Tirage limité à un seul exemplaire selon le vœu de l'intéressée :

— Personne n'a envie de me voir là où je ne suis pas. Je sais bien que les gens m'évitent.

Car c'était une autre de ses contradictions que de déplorer qu'une attitude négative dont elle était parfaitement consciente détournât d'elle des gens dont elle se contrefichait. Ainsi était-elle parvenue à se persuader, confondant la cause et l'effet, qu'elle ne se montrait pas cruelle par inclination mais par représailles. Ne passant rien aux autres, elle s'étonnait qu'on ne lui fît aucun cadeau. Le commissariat du quartier s'était habitué à enregistrer ses plaintes pour tapage nocturne lorsque des adolescents dansaient fenêtres ouvertes trop tard à son gré ou pour stationnement illicite lorsque l'espace numéroté dévolu devant l'immeuble à sa voiture était occupé par un voisin distrait.

Louis ne cessait de recoller les morceaux du puzzle social qu'elle prenait plaisir à brouiller. Chaque soir, en rentrant de son usine, il devinait au renfrognement de sa mine les dégâts de la journée : un goujat l'avait suivie dans la rue, un policier mal embouché l'avait verbalisée pour défaut de ceinture de sécurité, un retraité hargneux avait tenté de prendre sa place devant la caisse de sortie de la supérette. La gravité de l'affaire dépendait moins du dommage réellement supporté que du nombre d'heures qu'avant le retour de Louis Ségolène avait pu consacrer à confectionner le soufflé de sa grogne. Si l'accrochage avait eu lieu au petit matin, la situation devenait intenable au moment du dîner :

— Tu te montes le bourrichon, disait Louis, toujours partisan des relativisations et des négociations.

26

La grinchieuse

— Parle pour toi, rétorquait Ségolène, transférant sur Louis toutes les hargnes accumulées. Tu as peut-être un bourrichon mais moi je possède une tête bien faite avec un cerveau en parfait état de marche et j'exige qu'on me respecte.

— Alors, renonce à engueuler les gens à tout propos.

— Je n'engueule personne. Je fais valoir les droits imprescriptibles de la personne humaine.

Quand l'assaut se révélait trop rude, Louis rendait les armes et allait s'enfermer dans sa chambre, se bornant à remarquer entre haut et bas :

— Encore un drame de l'oisiveté !

Or, à entendre Ségolène, retirée des circuits du travail depuis qu'elle avait revendu, six mois après l'avoir ouverte, une boutique d'articles de Paris sous prétexte qu'elle ne supportait pas la mauvaise mentalité des vendeuses, elle continuait à mener la plus laborieuse des existences. Certes, elle sacrifiait à la grasse matinée mais c'était pour mieux dévorer des publications dispensant la formation permanente à laquelle doivent aujourd'hui sacrifier les élites du pays. S'immergeait-elle dans les horoscopes ou les recettes de cuisine ? Elle se tenait au courant de l'actualité et cette activité n'était pas assimilable à de vulgaires loisirs. Passait-elle, comme elle en avait établi la coutume, une journée par semaine sans sortir de son lit ? Elle se déclarait harassée par la longue méditation sur notre époque à laquelle elle s'était astreinte afin de mieux gérer, expliquait-elle sans rire, les deniers du ménage et les capitaux issus de ses liaisons précédentes. Sans être vénale, Ségolène était intéressée. Pour elle tout pouvait et devait se chiffrer, y compris les élans du cœur et les faiblesses de la chair. Sans oublier la notion infiniment coûteuse – surtout pour ceux qui en acceptaient le principe – de *pretium doloris*. Plus ses compagnons étaient âgés et plus elle estimait que le sacrifice qu'elle consentait en leur offrant sa jeunesse, puis ce qu'il en subsistait, méritait contrepartie financière, indépendamment des cadeaux d'anniversaire. Il était arrivé que, par un accord sous seing privé, fût prévu le versement d'une somme importante en espèces, l'ouverture d'un compte en Bourse ou une donation immobilière. A ceux qui traînaient la main pour signer un chèque, elle faisait valoir qu'elle ne jugeait plus l'amour masculin aux propos enflammés ou aux prouesses sexuelles mais au partage de la prospérité matérielle consenti par ceux qu'elle admettait dans son intimité.

Le premier en date des souvenirs dont elle ne gardait plus guère trace que dans ses archives bancaires concernait Sébastien Digoin, grand garçon sympathique, sportif et fadasse, héritier présomptif puis effectif d'un important laboratoire d'analyses médicales qu'elle avait séduit en allant subir régulièrement divers examens nécessités par des maladies qui se révélaient si vite imaginaires qu'elle devait feuilleter chaque semaine son dictionnaire médical pour découvrir un nouveau sujet d'inquiétude. Sébastien, qui était près de ses sous, n'avait rien vu venir, ébloui par le charme d'une femme qui, non contente d'être devenue l'une de ses meilleures clientes, rabattait vers son officine toutes ses amies et connaissances en mal de prise de sang. Les premières exigences s'étaient manifestées après la publication d'un bilan très favorable pour la firme dont il avait pris la direction. Ségolène avait comparé la solidité de l'entreprise familiale et la précarité de sa situation personnelle. N'était-il pas injuste qu'associée à la vie privée d'un patron, elle fût dissociée de sa vie professionnelle ? Sébastien ne put qu'en convenir en lui offrant quelques dizaines d'actions porteuses de dividendes immédiats. Comme l'année d'après les comptes se détériorèrent au point que le laboratoire perdit de l'argent, elle en conçut une vague irritation, allant jusqu'à l'accuser de l'avoir dupée à l'aide de fallacieuses promesses. Le ton monta tant et si bien que Sébastien, atteint dans sa fierté d'entrepreneur et dans son honneur de mâle, préféra s'éloigner d'une femme que, pourtant, il continuait à aimer mais dont il prévoyait qu'elle le rendrait de moins en moins heureux. Ségolène passa Sébastien par pertes et profits, inonda sa chambre de désodorisants, détruisit ses photos mais conserva les actions qui, à la fin de l'exercice suivant, renouèrent avec la distribution des bénéfices. Les deux anciens amants se revoyaient une fois l'an, à l'occasion de l'assemblée générale ordinaire après laquelle, rituellement, Ségolène murmurait à l'oreille de Sébastien :

— Tu vois, il fallait que nous nous séparions pour que tes affaires redeviennent prospères.

Sébastien, pas encore tout à fait consolé, opinait en tournant vivement la tête afin qu'elle ne remarquât pas ses yeux humides. Il avait tenté de renouer plusieurs fois mais Ségolène n'était pas du genre à recoller les morceaux :

— On doit savoir tourner de temps en temps la page si l'on veut aller au bout du grand livre de la vie.

Et l'on pouvait compter sur elle pour ne pas mélanger les chapitres ni les protagonistes. Non qu'elle brûlât ce qu'elle avait adoré, ni qu'elle eût oublié les multiples épisodes, souvent mineurs, qui jalonnent une liaison : elle ne les avait jamais vécus. Elle ne tournait pas la page, elle l'arrachait parce qu'elle ne supportait pas de ne plus mener l'histoire à sa guise. Il ne lui restait de ses anciennes amours que des prénoms et des chiffres.

Jean-Claude Rondeau était sans doute celui qui avait le plus compté. Il était plus jeune qu'elle, il était assez beau, il exerçait la profession de chirurgien. Elle avait fait sa connaissance à l'occasion de l'ablation d'un petit kyste aux ovaires. Elle l'avait admiré, réfléchissant au diagnostic, décidant de recourir au bistouri, la réconfortant avant l'intervention. Mais c'est durant sa convalescence et alors qu'il multipliait les visites plus qu'il n'eût été nécessaire que leurs relations avaient évolué. Un mois après être passée sur le billard, elle était passée dans son lit. La chose s'était faite presque naturellement, comme s'il se fût agi d'une phase ultime de l'auscultation postopératoire. A l'horizontale, elle lui reprochait ses manières de carabin peu soucieux du plaisir de sa partenaire mais à la verticale elle appréciait son élégance naturelle, sa fougue et surtout l'aura qu'il lui avait conférée dans le quartier depuis qu'on savait qu'elle était la tendre amie d'un praticien habile et estimé. Elle prenait plus de plaisir à apparaître à son bras qu'à lui ouvrir les jambes. Elle aurait attendu davantage d'efficacité de quelqu'un qui, par définition, connaissait aussi bien l'anatomie féminine, mais Jean-Claude la traitait comme une patiente qu'on devait écouter distraitement sans se laisser détourner de l'application d'un traitement moins éprouvé que ce que d'éphémères amours de salle de garde lui avaient donné à penser. Le premier incident grave se produisit à l'occasion du décès par septicémie d'une fillette sur laquelle Jean-Claude avait pratiqué une appendicectomie trois jours plus tôt. Ségolène lui reprocha de ne pas avoir pris toutes les précautions d'hygiène et, pour la première fois, mit en doute ses capacités médicales :

– Tu te prends pour Dieu le Père. Tu n'es qu'un petit charcutier, qu'un tripier de quartier, maladroit et sale.

Elle conçut de cet échec professionnel, d'autant plus impardonnable à ses yeux qu'il concernait une affection bénigne et une patiente très jeune, un dépit puis une appréhension qui lui donnèrent la phobie de Jean-Claude et celle des microbes. Pour le premier, l'affaire fut promptement réglée puisqu'il retrouva un jour dans sa voiture les vêtements et objets personnels qu'il avait entreposés dans l'appartement. Pour les seconds, ce fut plus long et plus pénible. Ségolène croyait être cernée en permanence par des bactéries pressées d'attenter à sa vie. La moindre poignée de main l'angoissait. Elle découpait dans les journaux des articles traitant d'épidémies lointaines qui lui semblaient d'heure en heure se rapprocher de la région lyonnaise. Il ne se déclarait pas dans le quartier de rougeole ou de coqueluche dont elle ne songeât à se prémunir en multipliant les précautions ménagères. Elle se mit à porter en toutes circonstances – y compris à l'extérieur – des gants de plastique et fit, dans la supérette voisine, une razzia de produits antiseptiques. Elle cessa de fréquenter une voisine atteinte d'un rhume des foins récurrent car elle redoutait la contagion. Lorsque sa mère, après une fracture du col du fémur, fut à l'agonie, elle exigea pour la visiter le masque de chirurgien qui lui rappelait à la fois sa liaison avec Jean-Claude et l'obligation de se protéger des bestioles nosocomiales mille fois plus nombreuses que les malades en milieu hospitalier. Elle restait ainsi de longues heures au chevet de la vieille dame qui, faute de pouvoir voir ses traits, la prit sur la fin pour une infirmière, à lire une biographie d'Howard Hughes dont elle avait fait son modèle en découvrant la guerre féroce – et inutile – qu'il avait menée face aux virus. Ségolène était rentrée chez elle lorsqu'un soir l'interne de service lui téléphona pour l'avertir que sa mère venait de mourir :

– Elle avait fait son temps, se borna-t-elle à remarquer, les yeux secs, alors qu'à l'autre bout du fil son interlocuteur s'évertuait à prodiguer de banales consolations.

Elle refusa d'assister à la mise en bière. Afin, affirma-t-elle, de garder vivante l'image de sa pauvre maman. En réalité, parce qu'elle appréhendait qu'elle fût morte d'autre chose que de vieillesse.

Au cimetière, protégée par les lunettes noires achetées pour masquer son absence de chagrin, elle ne s'attarda pas, afin de se soustraire à la corvée des condoléances. Au curé qui souhaitait la réconforter elle déclara sèchement :

— J'ai grelotté pendant toute la messe. Vous pourriez chauffer un peu votre église ! A moins que vous ne vous procuriez ainsi de nouveaux enterrements !

Ses relations avec Dieu étaient aussi troubles et difficiles que ses rapports avec les hommes. Dans ses moments de déprime, elle tentait d'élever vers Lui de vagues prières inspirées à la fois par ses souvenirs de catéchisme et par ses problèmes d'adulte. L'égoïsme de la prière lui convenait, qui, tentant d'établir un dialogue direct entre la créature et son créateur, lui permettait de ne parler que d'elle, de ses espoirs et de ses vœux. Lorsque son moral remontait, elle condamnait « ce fatras de superstitions grotesques », assimilait les temples à des asiles psychiatriques, la foi au premier critère d'aliénation et les ecclésiastiques à des escrocs plus pressés de fouiller les porte-monnaie que de sonder les âmes. Durant un service religieux, elle avait toutes les peines du monde à obéir aux injonctions de l'officiant ou du suisse. Tandis qu'on l'invitait à se lever ou à se rasseoir, elle maugréait entre haut et bas sous le regard courroucé de ses voisins :

— Je n'ai pas besoin qu'on me dise ce que j'ai à faire. Ici comme ailleurs, je fais ce que je veux.

Elle avait médusé un lointain cousin accouru en

pleurs de sa province lointaine pour lui confier la peine que lui avait causée la disparition de sa mère en lui déclarant tout à trac :

— Maman était une femme formidable. Il a fallu qu'elle meure pour nous faire pour la première fois de la peine. Moi ce sera le contraire. Lorsque je claquerai, je ferai plaisir aux gens pour la première fois. Chacun sa méthode.

Chapitre III

Jusqu'à ce qu'il s'installât chez elle, Ségolène avait admis Louis comme on tolère un banquier, c'est-à-dire un spécialiste des finances : à condition qu'il ne mît pas son nez partout. Elle le détesta dès qu'il fut mêlé à son existence quotidienne, dès qu'elle le vit évoluer à travers l'appartement, dès que les remugles amonniacaux de son sillage commencèrent à offenser son odorat délicat. Elle l'avait, dès le départ, évincé de sa chambre mais elle ne supportait pas qu'il utilisât la salle de bains, qu'il traînât le matin dans la cuisine sous prétexte de préparer le petit déjeuner, bref, qu'il troublât son intimité et lui imposât le spectacle de ses disgrâces.

Avec Louis, la cohabitation devenait de plus en plus difficile. Non qu'il manquât de patience, mais Ségolène finissait par lui en vouloir d'accueillir si paisiblement les horreurs que lui inspiraient un

physique sans charme et un cerveau sans esprit.
Louis était rond de partout : de visage, de corps,
de caractère. Ce défaut d'aspérités aboutissait à ce
qu'on ne savait pas par où le prendre. Ajoutez à
cela qu'il s'habillait mal et que les vêtements, au
lieu de masquer ses imperfections, les soulignaient
plutôt car il s'ingéniait à choisir les tissus les plus
laids, les coupes les moins harmonieuses et les tail-
leurs les plus maladroits. Il s'installait presque
voluptueusement dans le troisième âge, forçant les
signes de fatigue, aggravant à plaisir les stigmates
d'un état qui, espérait-il, conduisait à la respec-
tabilité. Pendant quelques mois, Ségolène avait
semblé apprécier cette technique du repoussoir qui
la faisait paraître encore plus belle et plus élégante
lorsqu'ils évoluaient côte à côte. Et puis elle avait
senti la honte l'envahir à la pensée que les gens
associaient son image à celle de Louis qui, s'étant
mis à tout perdre – ses cheveux, ses dents, la
mémoire, la vue et l'ouïe –, accédait lentement
mais sûrement au statut de ruine ambulante. Elle
en arrivait à lui reprocher de laisser chaque matin
dans la baignoire quelques mèches de ces poils
roux qu'au temps de leur plus belle floraison elle
comparait à de la mauvaise herbe ravagée par un
incendie. Pour se venger du mauvais tour que lui
jouait une nature qui, pourtant, ne faisait que res-
pecter les échéances, elle multiplia les brimades.
Elle lui confisqua d'abord la clé de la porte d'entrée qu'elle lui avait offerte solennellement, comme
on remet les clés d'une ville, lorsqu'il avait émis
l'intention de prendre le loyer à sa charge, obli-

36

geant Louis à sonner comme un vulgaire démar-
cheur ou à l'attendre, assis sur une marche d'escalier, lorsqu'elle était sortie, offrant aux autres
locataires qui riaient sous cape le spectacle d'un
vieux gamin envoyé au coin. Puis elle lui interdit de téléphoner plusieurs fois dans la journée
comme il avait coutume de le faire, pour rien,
pour lui dire qu'il l'aimait, pour la tenir au courant de ses petites affaires, bref, pour s'offrir un
plaisir qu'elle ne partageait pas. Afin de placer
entre eux une barrière supplémentaire, elle acheta
un répondeur dont le message, impersonnel à sou-
hait, priait Louis comme les autres de laisser un
message et entreprit de téléphoner longuement à
n'importe qui afin que la ligne fût sans cesse occupée. Elle ne supportait pas davantage qu'il devînt
dur d'oreille. Lorsqu'elle évoquait sa surdité croissante, elle l'appelait « Louis le mal-nommé ». Elle
tint à l'accompagner chez l'oto-rhino. Moins pour
recueillir le diagnostic du spécialiste que pour formuler le sien :

– Mon pauvre homme, tu commences à pourrir
par la tête.

Puis, incertaine de l'effet produit (« Tu n'entends, disait-elle, que ce qui ne t'écorche pas les
oreilles »), elle enfonça le clou :

– Tu es déjà mort et tu ne le sais pas !

Et elle égrena avec un visible plaisir toutes les
fonctions défaillantes – même les plus intimes –
qui ne permettaient plus de parler de Louis qu'au
passé. De fait, sauf sur la bascule, Louis baissait.
Il ne finissait plus les mets qu'il avait dans son

assiette, ni les phrases qui sortaient de sa bouche, sans qu'on pût déterminer pour le second phénomène si c'était la pensée ou la parole qui le trahissait :

— Je ne trouve pas mes..., articulait-il pâteusement tandis qu'à la nudité de son appendice nasal Ségolène comprenait qu'il s'agissait de ses lunettes.

— Tu ne trouves pas tes mots non plus, remarquait-elle, faussement compatissante, mais ce n'est pas grave car l'on peut très bien vivre sans voir et sans parler. Mais plutôt dans une maison de retraite que chez moi, ajoutait-elle *mezza voce*.

Le placement de Louis dans un hospice où elle irait le voir une fois par mois pour lui extorquer un chèque était devenu son idée fixe. Lucide, elle savait que l'opération serait longue et qu'elle devrait pour la réussir s'assurer la complicité de Simon, le fils de Louis, un dadais quadragénaire qui secondait son père à l'usine et qui l'aurait bien remplacé dans le lit de Ségolène. Cette dernière ne décourageait pas un désir qu'elle décelait dans l'embarras du vieux garçon qui perdait ses moyens dès qu'il se trouvait en présence de celle qu'il avait baptisée « mère-belle ». Dans le fond elle le méprisait, comme tout ce qui venait de Louis, mais elle aurait bien accordé ses faveurs au fils si elle avait été certaine de désespérer le père. Or, rien n'était moins sûr. Conscient de sa déchéance, Louis essayait de l'oublier et il aurait pu voir d'un bon œil Simon occuper dans le lit de Ségolène une place qu'il ne revendiquait plus, en obtenant des faveurs qui fussent restées dans la famille. Pour le moment, les privautés accordées à Simon demeuraient réduites et empruntaient la forme très convenable d'apartés sur le délabrement de Louis lorsque ce dernier était allé se coucher et que Simon, qui venait dîner un soir sur deux, devisait avec Ségolène au salon comme s'ils eussent formé un vieux couple. Au menu du dîner et de la conversation Simon devait se contenter de plats uniques. D'abord d'un hachis parmentier dont Ségolène raffolait car il était de préparation facile et lui permettait de se fabriquer à bon compte une réputation de cordon-bleu, ensuite de l'examen de toutes les hypothèses qui « autoriseraient le placement de votre cher père dans un établissement mieux adapté au traitement de son état qu'un appartement bourgeois ». Autrement dit : comment se débarrasser du vieux avant qu'il souille les tapis ? La solution s'imposait d'urgence. Louis allait de moins en moins au bureau, il traînait de pièce en pièce sa mauvaise graisse et des angoisses existentielles que Ségolène exacerbait plus qu'elle ne les apaisait. A cet égard, elle avait trouvé une formule qui, par ses vertus démoralisatrices, devait hâter le départ de Louis pour un monde meilleur. Elle n'envisageait jamais l'avenir, même proche, sans commencer par un « après ta mort » du plus sinistre effet. Au début, Louis protestait qu'il était encore bien vivant et qu'on ne savait jamais lequel des deux enterrerait l'autre et puis il avait accepté son décès comme une hypothèse d'école, comme l'indispensable préalable à toute conjecture sérieuse. Parfois il s'appropriait le futur funèbre :

– Quand je serai mort...

Mais c'était pour décrire le chaos dans lequel sa disparition plongerait l'industrie soyeuse en général et Ségolène en particulier. Attitude pessimiste qu'elle commentait, le soir venu, à l'usage de Simon :

– Il faut le comprendre, cet homme, c'est son dernier plaisir d'imaginer notre détresse lorsqu'il ne sera plus là.

A quarante ans, Ségolène se trouvait au zénith de sa maturité. Des rondeurs maîtrisées, des maigreurs cachées et des joues qu'elle savait creuser par une légère aspiration lui donnaient l'aspect d'une femme sensuelle, équilibrée, bien dans une peau dont elle prenait soin d'entretenir le bronzage en s'exposant deux heures par jour au soleil dès que ce dernier s'invitait sur le balcon d'un appartement qu'elle avait choisi de louer en raison de sa familiarité avec l'astre du jour. Sur les cent dix mètres carrés dont elle disposait, Ségolène avait imprimé un peu partout sa marque, à l'aide d'une déraisonnable multiplication de niches, d'une iconographie très personnalisée et d'objets souvent saugrenus dont elle couvrait les meubles en guise de repères comme le Petit Poucet semait les cailloux. Elle n'évoquait jamais un épisode de son existence sans présenter en même temps à son interlocuteur des bibelots sans valeur promus au rang de pièces à conviction. Le mobilier ne témoignait pas de plus de goût. Il s'était peu à peu composé

à l'aide d'un superflu fortuit ajouté au minimum
de base. Sur sa cimaise personnelle, elle tenait la
vedette exclusive : instantanés de son enfance (souvent mutilés afin d'expulser la silhouette de quelqu'un dont elle ne voulait pas se souvenir ou qui
lui eût fait de l'ombre), clichés plus récents qui la
représentaient à son avantage dans des tenues
extravagantes et parfois ridicules, portraits en
papier découpé rapportés d'une escapade parisienne place du Tertre, sans oublier une huile
signée par un barbouilleur local que, le jour où il
l'avait choisie comme modèle, elle avait assimilé à
Goya, tandis qu'elle reprenait, croyait-elle, les poses
évanescentes de la duchesse d'Albe. Au mur, elle
avait également accroché une paire de chaussons
lui rappelant les deux mois durant lesquels elle
avait fréquenté un cours de danse minable de
Fourvières dont l'animateur tentait de lui faire
croire qu'elle était une nouvelle Pavlova. Ségolène
se sentait d'autant plus attachée à son bric-à-brac
– « mon musée », disait-elle avec une pointe de
fierté que les connaisseurs jugeaient rapidement
injustifiée – que le plus modeste tabouret lui rappelait sinon un donateur dont les traits s'étaient
effacés de sa mémoire au moment précis où il
franchissait pour la dernière fois, et dans le sens
cuisine-province, la porte de l'appartement, au
moins un don qu'elle avait souhaité et obtenu.
Honnête femme, Ségolène n'exigeait pas des petits
cadeaux mais des gros. Tantôt ceux qu'on lui faisait, tantôt ceux qu'elle se faisait en demandant à
l'élu de son porte-monnaie le remboursement au

franc près, alléguant que si elle en était, fût-ce de quelques centimes, de sa poche l'offrande perdait sa puissance symbolique. Parallèlement, elle avait poussé au plus haut point l'art délicat de laisser traîner les factures en souffrance assez en vue pour qu'elles parlassent d'elles-mêmes sans avoir besoin d'y ajouter mot. De la chambre-boudoir, tendue de bleu pastel et semée d'une infinité de petits miroirs chargés de lui renvoyer son image, au salon rococo en passant par la salle à manger de style anglais, le commun dénominateur de l'appartement semblait être la poussière. Louis avait, un jour de verve, tenté une plaisanterie assez mal accueillie :

– Tu dois, pour t'endormir, compter les moutons.

La réponse était venue, si cinglante qu'il en était resté bouche bée :

– La différence entre un meuble et toi, c'est qu'un coup de plumeau le rend propre alors que toi, même au sortir de la salle de bains, tu es toujours aussi sale.

Le « mal blanc » se l'était tenu pour dit, calculant *in petto* que la phobie de Ségolène pour toute présence étrangère lui économisait le salaire d'une femme de ménage. Or, Louis fixait un plafond à ses libéralités. Certes, il le dépassait souvent mais en connaissance de cause et en regrettant les « folies » de Ségolène dont il ne savait jamais si elle s'était véritablement entichée d'un objet repéré dans une brocante ou si elle entendait le mettre à l'amende pour le prix d'un semblant de vie commune. Avec Ségolène, il n'y avait jamais d'abandon : pas plus de créances que de quant-à-soi. Rien ne l'émouvait que ses propres contrariétés. Mais comme, par fierté, elle n'acceptait de confier à personne ses angoisses ou ses désarrois, on ne risquait pas de trouver le chemin de son cœur. Bien qu'elle se plaignît de tachycardie, il ne semblait pas que la nature l'eût pourvue d'un organe dont la tradition, sinon la médecine, fait le siège de la sensibilité. Parfois, un chien abandonné lui arrachait une larme, mais pour rien au monde elle n'eût accepté de le recueillir. Les enfants qui souffrent la laissaient de marbre car ils savent rarement souffrir en silence et elle ne supportait ni leurs pleurs ni leurs cris. De toute façon, Ségolène ne consentait à se pencher sur le sort d'un malheureux qu'à condition qu'elle pût le chapitrer. Donneuse de leçons, elle échangeait alors son surnom de grinchieuse contre celui de rabroueuse qui lui allait à ravir, si l'on peut dire d'un comportement aussi consternant. Douée d'un savoir encyclopédique par culture, par instinct ou par manque de contradictions lorsqu'elle se trompait lourdement, emportée par son didactisme agressif, Ségolène était capable de remettre en cause la science anatomique d'un professeur agrégé, de révéler les dessous de la constitution de 1958 à un politicien et de renvoyer un pharmacien à l'étude du Codex. Non seulement elle connaissait tout mais encore, et supérieure en cela à ses interlocuteurs bénéficiant – en apparence – de la même érudition, elle avait tout compris. Elle relevait pêle-

mêle dans les conversations auxquelles elle se
mêlait, souvent sans y avoir été invitée, les bar-
barismes, les solécismes et les entorses à la concor-
dance des temps. Sa lecture attentive des publications les plus austères lui permettait d'apporter
démentis ou compléments d'information à des gens
par définition plus immergés qu'elle dans le grand
bain fangeux de l'actualité. On pouvait vitupérer
son complexe de supériorité mais on devait saluer
sa mémoire qui, ayant engrangé tant de détails
mineurs, savait les relier et les mettre en perspective. Louis faisait évidemment les frais de ce goût,
immodéré, énervant, insupportable, d'avoir toujours raison. Pour le contrer sur le seul terrain où
il semblât en état de se défendre – son métier –,
Ségolène avait acheté – aux frais de sa victime –
une demi-douzaine de manuels concernant l'industrie de la soie, grâce auxquels elle lui rabaissait son
caquet, de préférence devant des tiers, afin que son
incompétence fût rendue publique. Tout le monde
y passait : les commerçants auxquels elle reprochait, preuves à l'appui, d'ignorer le B.A.BA de leur
spécialité, le notaire qu'elle ne manquait pas de
rappeler à l'ordre chaque fois qu'il oubliait une
disposition légale qui eût pu lui profiter et surtout
Henri Batisse, le directeur de la succursale bancaire
où elle possédait un compte, qu'elle avait chargé de
la gestion des sommes soustraites à ses amants et
qu'elle inondait d'informations boursières puisées
aux meilleures sources, mais avec plusieurs jours de
retard, ce qui en atténuait la portée. Sa principale
tête de Turc avait les traits du Dr Perrot qu'elle

La grinchieuse

traitait d'âne, de médecin de Molière, de danger public. Tantôt elle prétendait qu'il ne possédait aucun des titres qu'annonçait la plaque de cuivre apposée en bas de l'immeuble où il exerçait, tantôt elle lui jetait à la tête les morts – jamais naturelles selon elle – des malades qu'il avait envoyés au cimetière et dont elle collait les avis de décès sur un cahier d'écolier acheté à cet effet. Au lendemain d'un jour où l'infortuné praticien, accusé d'avoir émis un diagnostic erroné sur la grave maladie d'une voisine, avait interrompu son auscultation et était parti en claquant la porte, elle déposa plainte au commissariat pour refus d'assistance à personne en danger de mort – il ne s'agissait que d'une très banale migraine – en menaçant de réclamer d'importants dommages et intérêts. Le Dr Perrot ne s'en tira qu'en venant ventre à terre à Canossa et en lui présentant des excuses qu'elle enregistra sur un petit magnétophone afin de les faire écouter à qui voudrait bien. Louis encourageait lâchement ces offensives contre les « ennemis de l'extérieur », par espoir d'obtenir pendant ce temps-là une trêve interne, pas toujours respectée car la femme Rossinot, comme il la nommait durant ses colères reconventionnelles, était de taille à se battre sur plusieurs fronts.

Lorsqu'elle avait chapitré Louis sur les plans politique, économique et commercial, elle embrayait sur les pseudo-frasques du mal blanc. Car Ségolène excellait également dans la scène de jalousie, morceau de bravoure de la vie de couple. Subitement et sans aucun signe annonciateur, le soyeux se

45

voyait prié d'expliquer le recrutement d'une nouvelle secrétaire jeune et rousse, le regard plongé, lors d'une récente réception, dans le corsage de la pulpeuse épouse d'un restaurateur en vogue ou les œillades qu'il jetait parfois à la dérobée sur des beautés du quartier. Désarçonné par la flagrante injustice de ces accusations de lubricité, Louis balbutiait comme un adultère pris en faute, niait des vérités sans importance, bref, aggravait son cas en fournissant par son trouble à sa cruelle compagne les présomptions de culpabilité qu'elle souhaitait.

— Je suis sûre que tu me trompes, disait Ségolène à Louis lorsqu'elle ne savait plus quoi lui dire d'autre.

— Tu es pourtant bien placée pour ne pas ignorer avec quelle difficulté je fais face à certaines obligations.

— Justement. Si tu n'es pas d'attaque avec moi, c'est que tu te fatigues ailleurs.

Et elle énumérait la liste de toutes les femmes — souvent jeunes et jolies — qui avaient succombé à un charme dont elle ne cessait d'affirmer l'inexistence. Louis était un obsédé sexuel dont l'âge avivait les ardeurs malsaines :

— Ton père sait qu'il n'en a plus pour longtemps, expliquait-elle à Simon, alors il essaie de profiter au maximum de ses dernières galipettes.

Simon, qui n'avait jamais imaginé l'auteur de ses jours dans une activité reproductrice, approuvait, les yeux baissés, non par modestie ou par gêne mais pour lorgner plus commodément les genoux de Ségolène. Chez la plupart des autres femmes les genoux apparaissaient comme la partie du corps la moins réussie. Gonflés ou boursouflés par le plus léger mouvement, ils constituaient la regrettable fausse note d'une harmonie par ailleurs souvent admirable. Les genoux de Ségolène étaient ronds et pleins, à l'abri de toute disgracieuse pliure et annonçaient la plénitude de cuisses qu'elle dévoilait en se donnant l'air de les cacher. Au début, Louis avait trouvé une expression originale pour qualifier ce vêtement qui, tiré d'une main pudique, remontait aussitôt un peu plus haut qu'avant :

— Ma chère Ségolène, tu as inventé la jupe-boomerang. À ta place, je déposerais le brevet.

Quand il avait été patent que Louis ne pouvait plus assurer un commerce amoureux, Ségolène s'était attachée à le quereller sur son passé, sur ses conquêtes d'adolescent, sur la première épouse dont il avait divorcé et sur la seconde qui l'avait laissé veuf. Il se défendait avec lassitude :

— Mais comment peux-tu être jalouse d'un passé qui se situe avant ta naissance ?

— Si tu m'avais vraiment aimée tu m'aurais attendue !

— Et je serais resté vierge jusqu'à soixante ans ?

— L'amour se nourrit de sacrifices.

Trois mois après leur rencontre, elle avait saisi le prétexte d'une vie tulmutueuse menée sans elle pour mettre un terme à leurs ébats horizontaux :

— Pas question d'accepter ce que tu as offert à tant d'autres femmes !

Puis dans un soupir :
– Comme j'aurais aimé être la première...
Louis tentait de retourner la situation :
– Dis-toi que tu es la dernière. Ce n'est pas mal non plus.
– Les restes ne sont pas ma tasse de thé.
La logique eût voulu que Louis, injurié, repoussé, rançonné, s'éloignât. Il y pensait souvent mais sans avoir le courage de sauter le pas. Il aimait Ségolène. Il savait qu'en partant il troquerait une vie à deux difficile, mais animée et pittoresque, contre une solitude paisible mais désespérée. Et puis, il ne pouvait imaginer que l'existence de Ségolène ne croisât plus la sienne, qu'ils évoluassent loin l'un de l'autre et qu'elle eût des activités ou des pensées dont il ne fût plus tenu quotidiennement au courant. Enfin, il se refusait à perdre la face dans le quartier et à renoncer à ce plaisir qui lui coûtait si cher de se promener le dimanche, lui, le vieillard dégarni et livide, au bras d'une jeune femme sur laquelle se retournaient les godelureaux.
Pour ces promenades, Ségolène intimait à Louis l'ordre de se mettre sur son trente et un :
– Tu comprends, vieille bête, à ton âge, les textiles doivent cacher le maximum d'épiderme.
Louis opinait et allait quérir dans sa garde-robe un vieux pantalon blanc cassé, un veston de tweed et un foulard de soie portant sa marque qu'il nouait autour du cou pour en dissimuler les fanons. Ségolène abandonnait pour quelques minutes sa mauvaise humeur et ses pratiques vexatoires. Il lui arri-

vait même de se suspendre au bras de Louis, non par amour mais pour mieux sentir la caresse du tissu, pour montrer qu'elle était propriétaire d'un homme – ne fût-il plus très frais – dans un quartier où vivaient tant de femmes seules et surtout parce qu'elle était très sensible aux apparences, à l'élégance ou à ce qui cherchait à y ressembler.

Cinq ans plus tôt, elle avait eu des bontés pour Gonzague Saint-Paul, un militaire, géant pourvu d'un front bas, d'un regard vide et d'un nez plus busqué que le bec d'un rapace, qui l'avait séduite en se faisant donner – très réglementairement – par les recrues du « mon lieutenant » tandis qu'il n'était qu'adjudant du train des équipages. La déception de Ségolène fut grande de découvrir – alors que tout était déjà consommé – qu'elle avait accueilli dans son lit un modeste sous-officier de carrière qui, à l'évidence, n'irait jamais plus haut. Plus tard, découvrant que ses camarades l'appelaient plus souvent bonzigue que Gonzague et que Saint-Paul n'était pas comme elle l'avait cru le patronyme d'une grande famille mais le nom attribué à un enfant trouvé en raison du jour où on l'avait déposé à l'Assistance publique, elle l'avait traité, bien que rien dans son harnachement ne le justifiât, de « traîneur de sabre » puis de « raté de la gloire », lui jetant pêle-mêle à la face les hauts faits de Turenne et de Napoléon. Gonzague s'insurgeait :

– J'ai beaucoup d'admiration pour Turenne et pour Napoléon mais tu te trompes d'époque. Nous sommes en paix. Je n'ai jamais fait la guerre. Ce n'est pas ainsi qu'on gagne des étoiles.

Gonzague exerçait dans l'armée des fonctions fort civiles puisqu'il était comptable du corps de troupe auquel on l'avait affecté. Une fois par an, il emmenait Ségolène au grand bal organisé au profit des œuvres de la division où elle approchait des capitaines et des commandants dont la belle allure la suffoquait d'admiration. Au retour, elle interrogeait longuement Gonzague sur le nombre des galons et la couleur des décorations. Elle avait pris en note la hiérarchie des grades et s'exerçait dans la rue à reconnaître un lieutenant-colonel d'un colonel plein. Elle s'émerveillait surtout des marques extérieures de respect venues d'hommes de troupe ou de sous-officiers subalternes qui, lorsqu'elle marchait à côté de Gonzague, semblaient s'adresser autant à elle qu'à lui mais se renfrognait dès lors que son compagnon saluait – le premier – des officiers qui les toisaient souvent sans indulgence. La haute idée qu'elle avait d'elle-même s'accommodait mal de la personnalité falote et de la réussite limitée de Gonzague. Elle se serait plutôt vue l'épouse du général commandant la garnison que la compagne d'un sous-officier supérieur qui se mettait au garde-à-vous devant le plus juvénile aspirant. Elle aurait adoré que Louis, auquel son exceptionnelle bravoure contre les mites dans les magasins de l'intendance avait valu au début de la guerre d'Algérie les trois ficelles dorées de capitaine, enfilât pour la sortir son bel uniforme fantaisie. Mais le capitaine Chrétien renâclait, arguant que, versé depuis longtemps

dans la réserve puis dégagé des cadres, il n'avait
plus l'autorisation de se mettre en tenue sauf pour
faire de l'équitation, sport qui n'était pas dans ses
cordes.

À la question de plus en plus angoissante de savoir
pourquoi elle s'acoquinait avec des minables, Ségolène venait enfin de trouver une réponse : elle était
trop gentille, trop accessible. Elle ne triait pas assez
ses relations, elle aimait trop qu'on l'aimât, elle
répondait trop aimablement au téléphone. C'est à
ce moment qu'elle acheta l'appareil destiné à ména-
ger une distance convenable entre elle et le reste
de l'humanité. À l'avenir, on ne la sonnerait plus
comme une domestique et elle n'engagerait la
conversation qu'avec qui bon lui semblerait. Le
résultat fut à la hauteur de ses espérances. Désormais, elle ne décrochait plus le combiné, se bornant
à monter auprès de lui une garde vigilante, aussi
dérangée que par le passé mais satisfaite de traiter
par un apparent mépris les tentatives que les hommes
effectuaient pour lui parler. Lorsque le répondeur
lui parut insuffisant, elle imagina de le jumeler avec
un fax par lequel le répondeur invitait les corres-
pondants à faire transiter un message écrit. Toutes
démarches inutiles car elle mettait un point d'honneur à ne jamais rappeler qui que ce fût. Qu'il s'agît
de vagues relations, de fournisseurs, d'une amie
qu'elle snobait parce qu'elle la jugeait mal mariée
ou de deux cousines auxquelles elle reprochait
d'avoir « épousé des coffres-forts », elle refusait tout
contact, jouant les divinités inflexibles à l'égard d'un
bas peuple qui ne méritait pas un mot de réconfort.

Si Louis lui-même appelait dans la journée pour l'avertir qu'il rentrerait plus tôt ou plus tard – dans les deux cas elle exigeait d'être prévenue –, il ne savait jamais s'il avait été entendu, si elle était vraiment absente ou si elle l'avait écouté, le sourcil froncé en songeant aux brimades par lesquelles elle lui ferait payer les changements apportés à son rituel :

– Tu aurais pu me mettre au courant de tes intentions, lui jetait-elle lorsqu'il rentrait avec un bouquet de fleurs pour l'amadouer.

– Mais, Ségolène chérie, je t'ai laissé un message.

– Oui, mais trop tard pour que je me réorganise. Pourtant, tu sais bien que je déteste être placée devant le fait accompli.

Et elle installait, en maugréant, les fleurs dans un vase avant de conseiller à Louis d'aller à la cuisine se préparer quelque chose s'il avait faim. Elle n'était rien moins que femme d'intérieur, considérant comme indignes les tâches ménagères, tenant la gastronomie pour l'art des chefs-d'œuvre ridiculement périssables et estimant que la table de la salle à manger constituait le meuble le plus inutile de l'appartement puisque elle-même se contentait de grignoter debout ou assise derrière le guéridon du salon. Louis vaquait donc aux fourneaux, mettant laborieusement au point des recettes devant lesquelles Ségolène faisait la fine bouche. Une fois, une seule, alors que Louis était très malade, Ségolène avait consenti à faire bouillir deux œufs à la coque. Depuis, elle se montrait aussi fière de son adhésion « au club des infirmes ménagers »

que d'autres femmes d'exceller dans la préparation
des petits plats. Comme il n'était pas dans les intentions de Ségolène de mourir de faim, elle cuisinait
en secret, les jours où Louis avait un repas en
ville, l'un de ces mets surgelés dont elle disait pis
que pendre. Louis raffolait, comme beaucoup de
Lyonnais, du saucisson qu'il dévorait à belles dents
avec de larges tartines beurrées. En citant une
vague revue médicale qu'elle ne montra jamais
et qui, affirmait-elle, dénonçait les graves dangers
que ce type d'alimentation faisait courir aux vieil-
lards, Ségolène priva Louis du jour au lendemain
d'un de ses derniers plaisirs. Elle lui interdit
également de voir les quelques vieux amis en
compagnie desquels il tapait le carton deux fois
par semaine dans une arrière-salle de bistrot enfu-
mée. Faute d'argument précis à opposer à cette
innocente habitude (la partie n'était intéressée
que par le paiement de la tournée mis à la charge
du perdant), Ségolène sortit sa plus grosse artil-
lerie :
– C'est eux ou moi !... choisis.
Louis s'inclina, la mort dans l'âme, comme chaque
fois que Ségolène lui retirait ses petites joies de vivre
sans lui accorder d'autre contrepartie que l'assurance de se faire malmener à tout propos, de voir
s'allonger jour après jour les stations de son calvaire
et d'être, passé dix heures du soir, prié de regagner
sa chambre comme un galopin qui n'a pas fini ses
devoirs.
Lorsqu'il y réfléchissait, Louis préférait s'enfuir

que d'écouter ces conversations vespérales qui abou-
tissaient au même leitmotiv :

— Et mon avenir, y penses-tu ? J'aimerais être plus
heureuse après ta mort que je ne l'aurai été de ton
vivant...

L'appel au peuple se terminait par une formule
à la fois vague et précise :

— Si tu es conscient de tes responsabilités, fais le
nécessaire.

Louis n'ignorait pas ce qu'aux yeux de Ségolène
représentait ce « nécessaire ». Elle l'avait évoqué
d'abord de façon feutrée, puis sans gêne et dans les
détails les plus sordides :

— Ce n'est pas parce que la loi t'interdit de déshé-
riter plus tard Simon que tu n'as pas le droit de
procéder maintenant à une donation entre vifs qui
me permettra d'avoir une vie décente quand tu seras
complètement mort.

Elle affectionnait la formule « complètement
mort » qui indiquait à Louis qu'il avait déjà un pied
dans la tombe et qu'il décédait un peu plus tous les
jours. Par la suite, Ségolène entreprit de chiffrer, à
dix mille francs près, le prix de ses exigences en
calculant le montant de la somme dont il lui faudrait
disposer sur son compte en banque pour que les
intérêts — diminués des impôts — correspondissent
aux sommes que Louis lui donnait chaque mois.
Lorsqu'elle l'avait par trop humilié en insistant sur
ses infirmités physiques et ses disgrâces intellectuelles, Louis explosait :

— Mais enfin, comment se fait-il qu'une femme

remarquable en tout point comme toi persiste à vivre avec une ruine ?

— Pour éviter la mienne ! avouait-elle.

Louis essayait de pousser son avantage :

— Ton comportement porte un nom dans les quartiers chauds.

— Oui, mais moi je n'ai qu'un seul client et il n'exige rien en contrepartie de ce qu'il me donne. Je suis gagnante sur tous les tableaux.

Chapitre IV

C'est au début de sa quatrième année de vie commune avec Louis – Ségolène refusait de fêter « un anniversaire aussi triste » mais ne transigeait point sur l'importance du cadeau devant accompagner ce non-événement – que la femme Rossinot entra dans sa débilitante période de l'« à quoi bon ? ».

L'inanité de toute chose lui apparaissant comme la seule certitude d'une existence qui s'achevait par la décomposition, Ségolène avait fini par en déduire qu'aucun effort n'était utile. A quoi bon se soigner puisqu'on mourait de toute façon un jour ? A quoi bon se donner de la peine pour se faire des relations puisqu'on recrutait forcément ses proches dans le registre des cimetières ? A quoi bon instruire ses enfants qui, eux aussi, retourneraient à la poussière d'ici à quelques décennies ? A quoi bon se marier puisqu'on n'unissait que deux infortunes également éphémères ? A quoi bon aller dans des bâtiments où l'on risquait d'attraper la crève prier un Dieu qui n'existait pas ou qui – pis – « trouvait plaisir à laisser ses créatures crever » ? Les « à quoi bon ? » de Ségolène auraient pu remplir un gros livre mais ils vidaient ses journées de toutes les occasions de vaquer aux occupations qui aident à oublier la précarité de la condition humaine. Lorsque Louis ressentit les premières atteintes de l'affection prostatique qui devait l'emporter, elle s'opposa à l'intervention chirurgicale :

– A quoi bon dépenser de l'argent pour une opération alors que le meilleur traitement serait celui qui, ne prolongeant pas la déchéance, si pénible pour ton entourage et pour toi-même, te permettrait de disparaître très vite ?

Elle ne comprenait pas qu'il s'accrochât aussi obstinément à une vie qui ne lui apportait plus aucune satisfaction :

– Cesse de lutter, mon bonhomme, et tends la main à la Grande Faucheuse pendant qu'elle s'intéresse à toi. Autrement, tu risques de devoir jouer de bien douloureuses prolongations.

Malgré sa surdité croissante, Louis ne l'entendait pas de cette oreille. Aux « à quoi bon ? » de Ségolène il opposait un pathétique et dérisoire « tant qu'il y a de la vie, il y a de l'espoir » qui la faisait sortir de ses gonds :

– L'espoir de quoi, mon pauvre homme ? L'espoir de faire sous toi et d'emmerder le monde entier avec des organes qui ne fonctionnent plus et un cerveau aussi futé que du mou de veau ?

Ségolène donnait l'exemple du fatalisme inactif en se laissant aller. Elle ne se maquillait plus puisque de tels artifices ne trompaient personne. Elle ne lisait plus et ne regardait plus la télévision :

— Tous ces gens qui bavardent et qui rigolent alors que chaque phrase les rapproche du dernier soupir me dégoûtent.

Certains jours, elle refusait de s'alimenter :

— Mourir de faim à petit feu est sans doute la plus douce des sorties, surtout pour quelqu'un qui, comme moi, a toujours détesté la nourriture et la place disproportionnée qu'on lui accorde dans la société de consommation. Si cela se trouve, pauvre débris, je partirai avant toi.

Elle se remit à manger à peu près normalement lorsque Louis lui eut raconté que la diète avait fortifié durant plusieurs années la santé chancelante de Gandhi. A une voisine qui lui présentait avec fierté son nouveau-né, beau, rieur et bien constitué, elle fit remarquer avec une cruauté qui laissa la jeune mère épouvantée :

— A quoi bon s'extasier ? Votre môme est un futur vieillard baveux et édenté qui, un jour, ressemblera à Louis. Ses petites jambes seront bientôt paralysées et, vous disparue, il faudra qu'il trouve une autre femme pour le torcher.

Dans sa foulée pessimiste, elle suspendit tout paiement d'impôts et de factures :

— Tous ces mesquins qui me réclament de l'argent seront morts avant que mes chèques ne leur parviennent.

Elle scrutait le visage des gens du quartier, notant avec ravissement les boursouflures de la peau, la raréfaction des cheveux, les poches sous les yeux, tous signes annonciateurs, selon elle, d'un trépas prochain. Parfois, elle arrêtait un quidam dans la rue :

— J'espère que votre testament est rédigé. Vous n'allez pas faire de vieux os.

Elle mit à la porte le Dr Perrot qui était venu visiter Louis :

— Puisque le gros de vos malades est au cimetière, attendez un peu, Louis y sera bientôt et vous pourrez passer le voir sans me déranger.

Elle renonça aux coûteux parfums qu'elle consommait sans modération jusque-là car, disait-elle, « ils ne suffiront pas à supprimer l'odeur de putréfaction que je suis appelée à dégager ». De même, elle cessa de fréquenter le salon de coiffure situé en bas de l'immeuble, se bornant à déclarer au figaro médusé :

— Je reviendrai lorsque vous maîtriserez les techniques de l'embaumement.

Les vêtements lui semblant moins adaptés à ses préoccupations que les suaires, elle déambulait dans l'appartement vêtue d'un drap de lit. Elle convoqua un agent des pompes funèbres et un fabricant de cercueils, parcourut leur catalogue sans leur dire qu'il s'agissait d'une commande personnelle, puis les congédia sous prétexte « qu'ils l'enterraient un peu vite ».

Elle refusait tous les conforts qui adoucissent l'existence comme s'il se fût agi d'un pacte scellé avec le démon. La pose d'une prise de télévision dans sa chambre lui eût permis de suivre tard dans son lit les émissions qui l'intéressaient ou qui la préparaient au sommeil. Faute de quoi, elle préféra installer ses longues insomnies dans le salon où elle allait de canapé en fauteuil. De même, elle repoussa d'un doigt méprisant les aménagements que Louis proposait de financer pour que la salle de bains fît meilleur ménage avec l'eau courante, que le miroir fût enfin placé à hauteur convenable et qu'un carrelage coloré remplaçât le lugubre linoléum. La salle à manger s'ouvrant sur un beau balcon bien orienté aurait pu accueillir déjeuners et dîners à la saison chaude. Ségolène ne voulut jamais entendre parler de cet innocent transfert, sous prétexte que « les voisins auraient mangé en même temps qu'elle dans son assiette ». Lorsqu'elle commença à souffrir des dents, elle décida une fois pour toutes qu'elle se contenterait de prendre un cachet d'aspirine dès que la douleur deviendrait insupportable :

– A quoi bon perdre son temps et faire des frais puisque mes prothèses ne profiteront qu'aux vers de terre ?

Louis qui venait, contre son avis, de s'offrir un dentier neuf entreprit de lui démontrer qu'en méprisant les ressources de la dentisterie elle finirait par ne plus pouvoir consommer que des aliments liquides :

– Ça tombe bien, répondit-elle, j'adore la purée.

Chaque nouvelle journée enrichissait sa litanie : à quoi bon se laver ? A quoi bon sortir ? A quoi bon répondre à son courrier ? A quoi bon se préoccuper d'un avenir qui se situerait inéluctablement à six pieds sous terre ? Rien n'était plus nécessaire, tout devenait facultatif, superfétatoire. Ségolène découvrait avec la délectation morbide qui lui tenait désormais lieu de joie de vivre qu'on pouvait se passer de ce qu'elle avait longtemps cru indispensable. Elle se serait peu à peu laissée mourir si elle n'avait retrouvé au fond de la petite bibliothèque tournante qui lui servait d'édifice culturel le vieux Larousse médical dont elle s'était servie pour capter l'attention de Sébastien Digoin. Au bout d'une semaine de lecture assidue elle souffrit, pire que quelques années plus tôt, de tous les maux et se crut atteinte des affections les plus graves. Elle résolut de fuir les toilettes des restaurants, foyers d'infection par excellence. Elle décelait dans ses organes la présence de microbes mortels et — paradoxalement — reprenait goût à la vie, allant jusqu'à renouer avec le Dr Perrache à qui elle avait offert un dictionnaire semblable au sien afin qu'ils eussent tous les deux les mêmes références et qu'elle pût en pleine nuit lui faire part de ses nouvelles inquiétudes en lui indiquant les notules qui les avaient fait naître. Le médecin se refusait à entrer dans ce jeu malsain. Ses consultations n'étaient qu'une longue suite de démentis apportés aux autodiagnostics de Ségolène. Non, elle n'avait pas d'hépatite virale, pas de problèmes pulmonaires, pas d'infection. Ségolène sortait néanmoins affaiblie de ces disputes où l'hypocondrie se mesurait à la science. Elle ne se ragaillardissait que lorsque, au détour d'un de ses examens quotidiens, le praticien avait constaté une baisse de tension ou noté une anomalie dans le fonctionnement organique. Ségolène triomphait alors, accusant pêle-mêle le Dr Perrot de ne pas avoir fait les moindres études, de n'avoir passé aucun examen, de traiter ses malades par-dessus la jambe, d'être plus passionné par le golf que par la médecine, d'être demeuré généraliste par manque de compétence avant de lui prédire que son obstination à ne pas vouloir prendre au sérieux un état de plus en plus préoccupant lui vaudrait, à elle, un caveau de famille et, à lui, la radiation par le conseil de l'Ordre.

Louis, authentique valétudinaire, suivait d'un regard d'autant plus lointain ces escarmouches qu'il n'attendait pas grand-chose de la médecine des hommes dont il arrivait à douter qu'elle fût capable d'un autre exploit que celui de prévoir à un mois près le début d'une agonie. Son seul réconfort résidait dans le pacte qu'il avait passé avec un Dieu, dont il ne s'était guère préoccupé jusque-là : contre une rémission de plusieurs années, il prenait l'engagement solennel de révéler au monde l'intervention divine si elle se révélait efficace. Mais en n'ignorant point que personne ne guérirait ses graves blessures d'amour-propre avivées par la conscience d'une injustice croissante puisque, plus la société l'honorait, moins Ségolène lui témoignait de considération. Jouissant de la faveur générale et méprisé de la seule personne à laquelle il aurait voulu inspirer de l'estime, Louis trouva un jour son nom sur la liste des nouveaux chevaliers de l'ordre national du Mérite. Pendant deux jours, il n'en souffla mot, puis, les félicitations affluant, il ne put faire autrement que d'informer Ségolène de la flatteuse distinction qui venait de lui échoir. Elle accueillit la nouvelle avec un rire homérique. Louis décoré ?

C'était la meilleure de l'année. Le summum d'une belle carrière d'ilote. La bouffonnerie suprême. L'acte de copinage grotesque d'un député souhaitant remercier un obscur boutiquier de l'avoir aidé de ses subsides en période électorale. Mérite limité et qui n'avait rien de national. Louis en convint tout en remarquant qu'on avait souvent décoré des gens moins vertueux que lui sur le plan du courage et de l'honnêteté. Ségolène fit un sort au dernier mot :

– Ah ! parce qu'on est un citoyen exceptionnel lorsqu'on n'a escroqué personne !

Louis préféra s'esquiver pour aller faire l'emplette de ce qu'il appelait pompeusement « les insignes de son grade ». Il revint, heureux et fier, portant comme le saint sacrement un petit écrin recelant la croix que le député devait lui remettre le lendemain dans les salons d'un traiteur à la mode. La cérémonie fut, de l'avis général, chaleureuse et sympathique, si l'on excepte le spasme d'hilarité que Ségolène ne put contrôler au moment précis où le parlementaire évoquait « les pouvoirs qui lui étaient conférés ». Une partie de l'assistance voulut bien sourire, l'autre se renfrogna. Les discours furent brefs. Trois minutes suffirent pour évoquer la carrière du récipiendaire – inventeur d'un procédé sérigraphique qu'il avait, hélas ! oublié de faire breveter – qui, prié de prendre la parole, s'en tira par une unique phrase : « Un grand merci à tous », dont le recteur, invité en tant qu'ancien compagnon de bridge, remarqua qu'elle constituait à la fois une leçon de concision et un exemple de prédicat. Après quoi, Louis se déplaça de groupe en groupe, un verre de champagne à la main, aussi heureux que peut l'être un défunt auquel on aurait accordé le droit d'entendre les gentillesses égrenées sur son cercueil. Le soir même, il cousit à la boutonnière de tous ses vestons le joli ruban bleu que, le lendemain matin, Ségolène entreprit d'arracher sous prétexte qu'il avait largement passé l'âge des hochets :

— Tu as raison, dit Louis. Et puis, n'ai-je déjà pas ma croix, avec toi ?

Et il renonça à afficher publiquement son mérite, sauf au bureau lors de certaines rencontres avec des gros clients qu'il souhaitait éblouir ou rassurer en agrafant à son revers juste avant leur arrivée un ruban métallique qu'il faisait disparaître ensuite comme le stigmate honteux d'un orgueil coupable.

Si son ego allait mieux, sa santé, elle, continuait de se détériorer. Louis appréciait davantage la vie depuis qu'il savait qu'elle lui serait bientôt retirée. Tout lui était devenu bonheur : une odeur, un mets, un paysage qui n'avaient jamais mobilisé son attention précédemment semblaient un cadeau du ciel. Plusieurs fois, Ségolène l'interrogea sur l'humidité de son regard lorsqu'ils passaient devant la maison de son enfance :

— C'est l'émotion, tentait-il d'expliquer.

— Tu veux rire ? rétorquait-elle. L'émotion demande du cœur et de l'intelligence. Toi, tu fais seulement de la conjonctivite.

Sentant que les brimades habituelles faisaient long feu, Ségolène résolut d'innover et de forcer la dose. Pour être certaine de torturer Louis, elle imagina

de ramener à la maison des compagnons de rencontre avec lesquels elle s'isolait longuement dans
sa chambre. Louis explosa plusieurs fois, l'accusant
de transformer l'appartement en bordel, puis il
retrouva son calme. Comme il continuait à regarder
la télévision, elle émergea plusieurs fois de ces tête-
à-tête, ébouriffée, en très petite tenue et clairon-
nant, afin de dissiper toute ambiguïté sur la nature
de l'entretien :

– Mon Dieu, quel tempérament ! Ce garçon me
rendra folle !...

Louis s'efforçait de ne pas entendre ou de penser
à autre chose. Pour l'obliger à prendre conscience
de l'inconfort de sa situation, Ségolène eut l'idée
saugrenue et cruelle de convier ses « intérimaires »,
comme elle les nommait, à partager le repas du soir.
Louis vit défiler des troufions en goguette, des élèves
de l'école vétérinaire, un gérant de supermarché, un
SDF que Ségolène habilla de pied en cap avec un de
ses vieux smokings et quelques ouvriers agricoles
dont la suffusion annonçait la couperose. Les pré-
sentations, effectuées après que l'invité eut été censé
satisfaire ses plus bas instincts, étaient variées mais
toujours sommaires. Cela allait de « Mon vieux mari
impuissant – Un copain en forme », à « mon pauvre
père – Un vrai mâle ». Pour animer une conversation qui, construite sur ces bases, devenait vite lan-
guissante, Ségolène évoquait avec force détails ses
amants précédents, s'attardant avec complaisance et
contre toute évidence sur l'extraordinaire virtuosité
du chirurgien, l'extrême bravoure de l'adjudant
promu par ses soins lieutenant-colonel, sur les

66

recherches scientifiques du laborantin transformé en directeur de l'institut Pasteur et même sur le courage de Gontran (regard appuyé vers Louis) qui, n'étant plus égal à lui-même, avait eu le courage de se donner la mort. Les invités, gênés par la profusion de détails intimes, lorgnaient du côté de Louis jusqu'à ce que Ségolène les mît à l'aise :

– Il n'entend plus... Et de surcroît il est gâteux.

En dépit des objurgations de Ségolène qui le tarabustait pour qu'il parût s'intéresser au maigre destin des jeunes gens (« Demande-leur donc ce que font leurs parents et ce qu'ils veulent faire, eux, plus tard »), le pauvre Louis se retirait très tôt. Dès qu'il avait disparu Ségolène congédiait un « amant » auquel elle n'avait accordé que des privautés mineures, car elle s'aimait trop pour offrir son merveilleux corps et sa belle âme à des malotrus uniquement recrutés comme garçons bourreaux. Innocents ou obtus, souvent les deux, ils ne comprenaient pas plus pourquoi on les avait invités que pourquoi on les priait de s'éloigner et surtout pourquoi une femme apparemment excitée les admettait dans sa chambre, où elle faisait entendre les cris de l'amour sans consentir à aucun des gestes qui pût les justifier. Le hasard veillait néanmoins au grain puisque c'est le jour où Ségolène avait ramené un jeune infirmier que Louis éprouva son plus grave malaise. L'adolescent, qui était venu avec l'arrière-pensée de flirter avec la jeune dame, se retrouva en train de faire du bouche-à-bouche à son vieux concubin. Le départ de Louis, allongé sur une civière, le visage dissimulé sous un masque à oxygène et le corps révélé par une vieille robe de chambre trouée fut sans gloire. Le chœur antique des voisins estima que le malade avait mauvaise mine et augura, sans recourir à la panoplie des examens cliniques qui ruinent la Sécurité sociale, qu'on ne le reverrait pas. Louis disparut dans l'ambulance, suivi par le préposé au goutte-à-goutte, tandis que Ségolène remontait jusqu'à l'appartement afin de congédier celui qui fut le dernier des « invités-surprises » puisque, à partir de l'hospitalisation de Louis, elle interrompit définitivement un défilé qui avait scandalisé tout l'immeuble et renoua avec la continence satisfaite, apanage des égoïstes frigides.

Chapitre V

A la clinique des Bleuets, nouvelle résidence de Louis, Ségolène faisait preuve d'une assiduité remarquable. Au moins une fois par jour, souvent deux, elle débarquait, affichant la mine soucieuse d'une femme que la maladie prive de son compagnon adoré. Dans le couloir, elle interrogeait les infirmières sur les chances qu'avait Louis de s'en sortir, feignant l'angoisse en usant d'une formule – « je compte les jours » – dont elle seule pouvait apprécier la double signification. Passé la porte de la chambre, le ton changeait :

– Je me suis dépêchée pour arriver avant l'autopsie...

– Prends tout ton temps, protestait Louis. Je me sens plutôt mieux.

– C'est le mieux de la fin, rétorquait-elle en repoussant toute idée de rétablissement comme attentatoire aux lois de la nature et à son bonheur personnel. Et pour lui saper le moral elle ajoutait :

La grinchieuse

Tu as si mauvaise mine aujourd'hui que j'ai d'abord cru que je m'étais trompée de local. Tu sais que la morgue est à ton étage ? Tu n'auras même pas à prendre l'ascenseur.

Elle s'asseyait sur le bord du lit, veillant à écraser le mollet menacé de phlébite. Si Louis ne bronchait pas, elle l'invectivait :

– Tu pourrais bien retirer ta jambe pour me faire une place. Sois plus hospitalier. Après tout, rien ne m'oblige à perdre mon temps ici.

Lorsqu'elle parvenait à arracher un gémissement au malade, le registre était différent :

– Comme tu es douillet !

– Mais tu empêches ma circulation !...

– C'est pour t'habituer, mon pauvre homme, ça ne va plus circuler bien longtemps.

Le samedi, elle lui apportait quelques douceurs choisies avec soin chez Bernachon parmi les bouchées au chocolat dont il raffolait et que la Faculté lui interdisait. Elle le poussait à la faute quand elle le voyait hésiter :

– Mange ! Un jour de vie de plus ou de moins, ça ne changera pas grand-chose.

Au bout d'un quart d'heure elle ne cachait plus son ennui :

– Parle-moi, fais-moi rire, disait-elle au pauvre Louis, qui, sachant qu'on solliciterait ses talents de conteur, se triturait la cervelle depuis le petit jour afin d'en extraire les anecdotes – quitte à les distiller longuement afin de les économiser – susceptibles de divertir la visiteuse. Peine perdue. Ces histoires d'infirmières et d'internes n'intéressaient pas Ségolène. Venait alors la conclusion rituelle de l'entretien :

— Eh bien, puisque tu n'as rien à me dire, à demain, si la médecine prolonge ses miracles.

L'aide-soignante la remplaçait au chevet du malade :

— Dites donc, elle est jeune et jolie, votre femme. Et puis, elle ne vous laisse pas tomber...

Louis se soulevait tandis qu'elle retapait l'oreiller :

— Je crois que je lui manque...

C'était vrai. Privée de victime, Ségolène s'ennuyait. Le matin, elle errait dans l'appartement désert à la recherche d'une présence, d'une odeur, d'un manquement au règlement intérieur qu'elle eût pu vitupérer. Faute de la compagnie de Louis, elle savait qu'elle devrait s'habiller et sortir pour épancher sa mauvaise humeur chronique. Elle crut s'enticher de quelques animaux de compagnie qu'elle rendit à l'éleveur après un essai de deux jours, songea à aller passer un week-end à Deauville mais renonça, de peur que Simon ne profitât de son absence pour faire modifier un testament qui lui attribuait le maximum de la part disponible. Il commençait à faire beau. La vue de Louis constituait une insulte au printemps qui renouvelle toute chose et qui gonfle de sève les internes. L'un de ces derniers invita Ségolène à un dîner de salle de garde, repas haut en couleur, qu'elle tint à décrire minutieusement à Louis :

— C'est la première fois que je dîne nue avec des

gens que je ne connais pas. Ils ont tous voulu m'ausculter. J'ai passé un bon moment...

La semaine suivante, elle arriva avec une maquette de faire-part :

— Après tout, mon pauvre homme, c'est ta mort et pas la mienne. Je te laisse le choix des caractères.

Faisant contre mauvaise fortune bon cœur, Louis opta pour un elzévir élégant, réduisit l'épaisseur de l'encadrement noir et écrivit dans l'espace blanc réservé à la date du décès un « rien ne presse » qui eut le don de mettre Ségolène hors d'elle :

— Rien ne presse... rien ne presse... Mais tu ne te rends donc pas compte que tu n'apportes plus rien à personne et que tu fatigues tout le monde... Tu occupes le lit d'un malade qui, lui, pourrait survivre... Tu offenses la vue et l'odorat de tous ceux — moi la première — qui viennent te voir... D'ailleurs, ta vie vaut-elle encore d'être vécue ?

Louis protestait. Il n'était à la charge de personne ; il ne se sentait rien moins qu'agonisant ; l'existence quotidienne lui apportait toutes sortes de petits plaisirs : un sourire de l'infirmière, un peu d'air frais, un dessert pas trop raté, et surtout le couplet matinal du médecin-chef qui, après avoir examiné dix secondes la feuille de température, y allait de son réconfort :

— Dans un mois, vous êtes dehors.

Ségolène traduisait à sa façon :

— Il veut dire qu'avant un mois tu seras hors de la clinique, c'est-à-dire à six pieds sous terre.

C'est le moment que Ségolène choisit pour introduire, dans une relation affective évoluant du complexe vers le morbide, la notion d'hono-raires de visite que Louis se devait d'acquitter sur-le-champ. A chaque fois, elle ponctionnait mille cinq cents francs dans le portefeuille que Louis avait déposé sur la table de chevet :

– Aussi cher qu'un spécialiste, ironisait-elle, mais moi, au moins, je ne te raconte pas d'histoires en prétendant que tu vas t'en sortir.

Louis essayait de la raisonner :

– C'est ton héritage que tu croques par antici-pation.

– Peut-être, mais là, je ne paye pas l'impôt sur les successions.

Dans le dessein de ne pas voir le fisc la déposséder ultérieurement, Ségolène, qui avait depuis long-temps taxé Louis d'une « somme mensuelle supplé-mentaire égale au montant des impôts qu'il aurait dû acquitter s'il l'avait appointée comme garde-malade », exigea la souscription d'une assurance-vie calculée en fonction du prélèvement posthume auquel l'État ne manquerait pas de se livrer à son détriment. Louis signa, moitié par lassitude, moitié pour voir jusqu'où sa méchanceté et sa convoitise iraient. Il pouvait faire confiance à son imagination. Lorsque la liste des destinataires du faire-part eut été arrêtée, le modèle de cercueil choisi et les obsèques payées d'avance, elle essaya devant lui des tenues de deuil tellement affriolantes que Louis ne put s'empêcher de lui demander si ces voiles noirs mais transparents étaient vraiment adaptés à la cir-constance. Ségolène éclata d'un grand rire, parfai-tement incongru en cet endroit :

– Tu as mis le doigt dessus, chère épave, mais mon interne m'a promis de me réinviter à l'un de ses dîners quand tu ne seras plus de ce monde.

Louis se montra magnanime :

– Tu n'auras pas grand-chose à enlever.

La maladie se prolongeait, décourageant tout pronostic fatal. Ségolène, ne se contrôlant plus, bassinait le personnel de l'étage de questions de plus en plus précises :

– Pour combien de temps en a-t-il encore ? Pensez-vous qu'il tiendra la semaine ?

Puis, devant les regards interloqués que son impatience faisait naître, elle ajoutait :

– Vous comprenez, c'est embêtant à la longue de ne pouvoir prendre d'engagement.

Elle aurait bien offert un tiers de ce que la mort de Louis devait lui valoir si des soignants avaient accepté de hâter l'échéance. Mais ils prenaient tous, à différer cette fin annoncée, programmée, un malin plaisir dont elle ne doutait pas qu'il s'exerçât davantage pour lui être désagréable que pour contrecarrer la nature. Louis était entré à la clinique depuis six semaines et il n'y avait rien de nouveau. Ségolène, qui s'était promis de s'offrir le spectacle d'une agonie, en était pour ses frais. Louis poussait le manque d'esprit de coopération jusqu'à descendre de son lit et à se promener dans les couloirs. La première fois qu'elle avait trouvé le lit vide, elle avait imaginé – avec ravissement – le pire. Et puis, il lui avait fallu déchanter. Louis visitait les autres malades, se faisait des amis et devenait peu à peu une figure locale. Pour endiguer ce gâchis, Ségolène essayait de dissuader les infirmières de perdre leur temps avec un cas désespéré :

— Laissez Louis mourir tranquille, répétait-elle sans être entendue par ces mégères qui, au contraire, semblaient redoubler de zèle. Sous prétexte de vapeurs, elle ouvrait la fenêtre dès que Louis se mettait à transpirer. Elle lui conseillait de forcer la dose de certains médicaments parce qu'elle les croyait dangereux. Mais il eût été suicidaire pour elle d'aller plus loin tant son manège était éventé. Au point qu'un matin l'infirmière-chef l'accueillit avec un visage de circonstance :

— Chère madame, il va vous falloir beaucoup de courage... Attendez-vous au pire... M. Chrétien va mieux...

Et elle la laissa décontenancée, ne sachant si elle devait s'affliger de la résurrection de Louis ou d'être la risée du personnel. Louis ne nourrissait, lui non plus, aucune illusion :

— Je sais que tu rêves, disait-il, de marcher sur mon tuyau d'oxygène !

Sa protestation d'innocence valait confirmation :

— Pourquoi prendrais-je des risques alors qu'il suffit d'attendre que la mort ait fait son œuvre... Même si elle s'éternise.

Dans les moments d'accalmie, elle évoquait leur passé commun avec des repères aigres-doux :

— C'est l'année où tu m'as emmenée chez Bocuse. Trois mille francs pour deux ! Ta digestion fut difficile.

— Rien n'est trop beau pour toi.

— Alors, offre-moi ta vie. Pour ce qu'elle vaut maintenant !

— Et tu te sentiras vraiment plus heureuse quand j'aurai disparu ?

— Ce sera le bonheur, le grand bonheur... La liberté...

— De ce côté-là, tu as pris de l'avance.

— Pas du tout. D'abord cette maladie qui n'en finit pas me mine... Ensuite, je ne me sens pas libre puisque je viens te voir tous les jours...

— Eh bien, ne viens plus ! A quinze cents francs la visite, je trouverai toujours des volontaires.

— Tant d'ingratitude après tout ce que j'ai fait...

— Tu veux dire tant d'indulgence après ce que tu m'as fait.

Estimant que l'intermède avait assez duré, l'infirmière poussait la porte et priait Ségolène de partir. Elle obtempérait à regret, angoissée à l'idée que Louis était assez pervers pour profiter de son absence le jour où il aurait envie de défunter, la privant ainsi de la tragédie de ses derniers instants, inquiète aussi à la pensée que durant une heure de lucidité il pourrait convoquer le notaire et modifier le testament.

Simon visitait plus Ségolène que son père. Chaque soir, Chrétien junior rejoignait l'appartement des Brotteaux. Au menu : les mets qu'il avait achetés chez le traiteur et que Ségolène consentait à réchauffer, un résumé catastrophique de l'état du malade et, une fois la dernière bouchée avalée, la « sieste », c'est-à-dire l'installation sur le lit où, côte à côte, la marâtre et le beau-fils se livraient

76

à un exercice de proximité trouble mais excluant le plus léger attouchement. Bien que rien chez Simon ne la séduisît ou ne l'attirât, Ségolène se montrait friande de ces instants dont l'évocation minutieuse aurait pu lui permettre de porter l'estocade finale à Louis en remarquant que son fils était plus vigoureux que lui. Simon, benêt fasciné par une femme fatale, ne voyait pas plus loin que l'émoi suscité par une situation encore platonique mais dont il estimait – à tort – qu'elle pouvait à tout instant tourner à son avantage. Un soir, il osa poser la main sur la cuisse de Ségolène. Devant sa réprobation muette et courroucée, il ne put que balbutier :

– Eh bien quoi, je touchais mon héritage.

Ségolène retrouva alors ses accents les plus cinglants :

– Sache, mon pauvre petit, que je ne suis la propriété de personne, et encore moins de ton père que de qui que ce soit. Alors, pour l'héritage, tu repasseras.

Contre toute évidence, Simon continuait à espérer, s'accrochant aux formules – « Souvent femme varie », « La chair est faible » – qui formaient l'essentiel de ses connaissances en matière de sexualité. Mais ses sabots étaient trop gros pour que Ségolène acceptât d'esquisser dans ses bras le moindre pas de deux. Il avait beau, sous prétexte de canicule, « se donner un peu d'air » en ôtant sa chemise ou en dégrafant son pantalon, Ségolène gardait son quant-à-soi, se limitant au chaste baiser sur son front qu'il était autorisé à déposer quand la vingt-troisième heure, précédée de bâillements significatifs et authentifiée par le branle-bas métallique d'une horloge comtoise, lui indiquait que sa présence n'était plus souhaitée. S'il s'attardait au-delà de la marge autorisée – deux minutes –, Ségolène le poussait sur le palier en lui lançant ses vêtements à la figure. Il était dit que, chez la femme Rossinot, les Chrétien ne seraient jamais en odeur de sainteté.

Parce que la mort est la seule certitude de la vie, parce que tout ce qui est né doit mourir, hormis quelques protozoaires sans intérêt, Louis, plus assez soutenu par l'ambition de décevoir les espoirs de Ségolène, se laissait aller. Il était moins soucieux de son apparence physique, moins attentif aux heures de repas, bref, moins désireux de s'en sortir. Il ne soulevait presque plus les paupières, comme si le spectacle de l'existence ne lui paraissait plus valoir ce léger effort, comme s'il avait voulu s'habituer à ce statut de dormeur éternel qui allait être bientôt le sien.

– Secouez-vous ! disait l'infirmière.

– Tu baisses à vue d'œil, commentait Ségolène, profitant qu'il ne pouvait fermer aussi les oreilles.

Le médecin commençait à hocher la tête, dépassé par cette attitude qui frisait la mauvaise volonté et s'efforçait de remotiver le malade :

– Quand on a la chance d'avoir une aussi jolie femme, on s'accroche, que diable !

– Ou alors on décroche, murmurait Louis.

Ségolène était moins présente. Une fois tous les deux jours, et pas plus de cinq minutes. La décré-

pitude de son vieil amant lui suggérait de porter un autre regard sur les meilleures façons d'user de son sursis :
– La vie est courte. Profitons-en !
Et elle passa de la période « à quoi bon ? » à la période « rien n'est trop beau » qui la poussa à prendre en quelques jours toutes sortes d'engagements financiers déraisonnables, découvrant qu'on pouvait à la fois refuser d'offrir à des cochons la sublime confiture de sa féminité et accepter tous les avantages matériels que le sexe procure aux femmes intelligentes. Rien n'était désormais trop luxueux pour elle.

Elle devint la cliente de Mademoiselle Adèle, la couturière à la mode qui habillait les dames de la gentry entre Saône et Rhône, elle fit une razzia de bijoux et elle engagea une domestique à laquelle elle imposa le port de la coiffe et du tablier blancs. La fille, prénommée Gisèle et que Ségolène rebaptisa Gertrude, était née dans la rue de Tourcoing où les Rossinot tenaient mercerie. Elle était dévouée et propre, fuyait les hommes, croyait en Dieu, admirait sa patronne. Elle n'avait qu'un seul défaut mais rédhibitoire : à tout bout de champ elle faisait allusion à ce qu'elle s'obstinait à appeler leur enfance commune, alors qu'elles ne s'étaient jamais rencontrées. Elle alla jusqu'à demander à Ségolène « des nouvelles de ses chers parents ». Ségolène, sentant poindre la familiarité au détour de ces maladresses et à laquelle le vocatif de « Madame » adressé cent fois par jour ne procurait déjà plus le même plaisir, la congédia à la fin du

premier mois en prétextant des difficultés pécu-
niaires dont elle n'imaginait pas, à ce moment,
qu'elles se produiraient aussi vite. Pour financer
ses folies, Ségolène ne se satisfaisait plus de la dîme
quotidienne de mille cinq cents francs. Elle n'hé-
sitait pas à contrefaire la signature de Louis sur
les chèques dérobés dans sa chambre et sur les
traites qu'on lui demandait de faire avaliser. Elle
acheta des parfums de grande marque dont elle
se servit pour désinfecter l'appartement. Boudant
la cuisine de sa servante, elle avait pris l'habitude
de réserver chaque soir son couvert dans les meilleurs restaurants. Le lendemain à la clinique, elle
narrait ses festins par le menu afin d'écœurer le
malade avec ses orgies de foie gras, ne lui faisant
grâce d'aucun mets, insistant sur le bouquet des
vins et la qualité du service au moment où l'infirmière déposait sur le lit du malade une purée sans
lait et un os sans viande. Tandis qu'elle brillait de
mille feux, Louis s'éteignait doucement. Il était à
toute extrémité lorsque le banquier de Ségolène
lui téléphona pour signaler que son compte venait
de basculer dans le rouge. Le lendemain, on essaya
vainement de la joindre pour l'informer de l'issue
fatale imminente : elle était partie pour Monte-
Carlo afin de se changer les idées.

Lorsqu'elle revint, légèrement bronzée, la mise
en bière avait déjà eu lieu. A l'enterrement, les
lunettes fumées rapportées de la Principauté lui
permirent de faire figure honorable. On prit pour
l'épuisement des longues veilles à la clinique la
fatigue des nuits blanches passées au casino. Simon

menait le deuil. Lorsque, devant la tombe, Ségolène s'accrocha à son bras, il crut défaillir de plaisir et de fierté. Il n'y eut ni discours ni bénédiction. Louis était allé rejoindre – suprême inconséquence du trépas – un Dieu auquel il ne croyait pas. Quelques voisins faisaient semblant d'avoir de la peine tandis que Ségolène distribuait les faire-part, affirmant dans un faux sanglot : « C'est lui qui avait tenu à choisir les caractères. » Des employés de la manufacture formaient le gros du cortège. Une délégation d'anciens combattants avait apporté un drapeau posé sur la bière puis prestement récupéré sans que l'on pût dire s'ils avaient rendu hommage à l'héroïque conduite de Louis dans l'intendance, à ses mérites exceptionnels dans le textile ou au courage montré dans son ménage. Lorsque le chef croque-mort, grand blond au regard lourd, lui remit la rose qu'elle devait jeter sur le cercueil, le furtif contact de sa main sur la sienne la fit frissonner, à la limite de l'extase sexuelle. Elle sut instantanément qu'elle venait de rencontrer l'homme de sa vie au royaume des morts. Elle sortit du cimetière sur un nuage. L'air était léger. Les rumeurs de la ville reprenaient leurs droits. Tout était redevenu simple et paisible, les problèmes avaient disparu en même temps que le défunt qui les provoquait. Elle plaqua sans un mot ce grand dadais de Simon à la grille et s'en fut, méditative comme on l'est souvent après une cérémonie funèbre. En fait, elle ne pensait qu'à elle, qu'à sa nouvelle existence, qu'au trop-plein de bonheur qui l'envahissait à l'idée qu'elle n'avait plus de comptes à rendre à personne, et qu'après un délai de décence dont elle se réservait de fixer la durée, elle aurait enfin le droit d'afficher son bonheur inouï d'être Ségolène, femme libre dans une ville qui l'était encore si peu sur le plan des mœurs.

DEUXIÈME PARTIE

La dame à la Bentley

Chapitre premier

Ségolène n'aurait jamais pensé que l'état de veuve de la main gauche comportât autant d'agréments. Protégée par le chagrin que les moins observateurs lui prêtaient et par le caractère que les autres lui attribuaient, elle se sentait plus importante, mieux reconnue, comme si l'on eût oublié ses propres défauts pour inscrire à son actif les qualités du disparu. Il lui semblait même qu'on lui témoignait un respect nouveau. S'attachant à ignorer la rumeur qui la présentait comme la légataire universelle de Louis, elle préféra considérer qu'en la faisant bénéficier d'une révérence appuyée on saluait davantage son pouvoir de séduction que son pouvoir d'achat. Elle se fit très belle pour se rendre à la convocation du notaire. A Gertrude, la servante, qui devait partir le lendemain après avoir jeté à la poubelle tous les objets et vêtements qui avaient appartenu à Louis, elle déclara joyeusement :

85

– J'ai l'impression d'aller à une distribution des prix.

Simon l'avait précédée, grave et inquiet, tout de noir vêtu. La lecture du testament fut expédiée en une minute : « Moi, Louis Chrétien, sain de corps et d'esprit (Ségolène ne put réprimer un sourire), lègue tous mes biens meubles et immeubles à Mme Georgette Rossinot, à charge pour elle de verser à Simon, mon fils, le minimum légal qui lui revient. » La satisfaction de Ségolène eût été complète si le notaire n'avait rappelé au passage sa véritable identité qui lui faisait autant horreur que si on lui eût jeté un passé d'opprobre à la tête. L'officier ministériel n'en dit pas plus, renvoyant à plus tard l'examen détaillé d'un patrimoine dont il ne soupçonnait pas le démantèlement. Dépité, Simon se tourna vers Ségolène :

– Il faudra qu'on parle de tout cela, mère-belle. Puis-je passer un soir ?...

Ségolène le toisa en reprenant le vouvoiement du début de leurs relations :

– Cher Simon, maintenant que vous êtes riche, vous n'avez qu'à tromper votre solitude avec les dames au grand cœur qui se promènent derrière la gare.

Non contente de le déposséder, de s'emparer du fruit d'une vie de labeur en échange de trois ans de méchancetés, elle l'envoyait aux prostituées, seules compagnes possibles pour un pauvre type dénué de charme, de culture et d'éducation. Il crut se venger :

– Tu sais, je t'aurais donné chaque fois mille cinq

cents francs, comme mon pauvre père quand tu allais guetter son dernier soupir.

Elle le considéra gravement, presque tristement, avant de laisser tomber :

– Même si tu héritais de la reine d'Angleterre tu serais toujours un pauvre con.

Et elle tourna les talons comme quelqu'un qui a d'autres chats à fouetter, que sa condition amène à fréquenter le gratin et qui ne s'embarrasse pas de la piétaille. Riche d'une fortune qu'une estimation plus actualisée eût sans doute ravalée au rang de petites économies, elle multiplia les démarches pour être invitée à quelques réceptions huppées. En vain. Même présentée comme Ségolène, compagne du soyeux Louis Chrétien, Georgette Rossinot continuait à être ignorée par ceux qui comptent à Lyon, ville où les portes et les cœurs ne s'ouvrent qu'à l'issue d'un siège durant parfois plusieurs générations. Ségolène en conçut du dépit, puis de la grogne, menaçant d'adhérer à un parti de gauche qui, lui, reconnaîtrait « les vraies valeurs ». Pour snober ceux qui la snobaient, elle acheta – à crédit et en montrant au garagiste la copie du testament de Louis – une superbe Bentley qualifiée par le vendeur d'occasion rare. Las ! Le gabarit de la voiture était trop considérable pour que Ségolène tînt elle-même le volant. Elle ne le souhaitait d'ailleurs pas, rêvant seulement de se prélasser sur la banquette arrière ainsi qu'une de ces grandes bourgeoises auxquelles elle aspirait d'être assimilée. Trois jours passèrent. La Bentley, stationnée devant l'immeuble, attirait les gamins du quartier. Ségolène les voyait de sa fenêtre rôder autour, coller les yeux aux vitres et passer sur ses courbes un doigt admiratif avant d'en lever un autre vers l'étage où elle résidait, confirmant que le message était passé, que tout le monde était au courant de sa fastueuse emplette et qu'à la curiosité qu'elle inspirait déjà s'ajoutaient le respect et l'admiration dus à une femme qui possédait la plus belle voiture de l'arrondissement.

Elle ouvrit plusieurs fois la portière et s'installa au volant sous des prétextes futiles qu'elle se donnait à elle-même, en réalité pour montrer qu'elle était bien la propriétaire. Elle mettait le contact pour annoncer qu'elle allait rouler et puis, comme prise d'une idée subite, elle coupait le moteur et remontait chez elle.

Le bon sens, lié au désir de paraître, finit par lui inspirer une réflexion en forme de syllogisme : « Une automobile est faite pour rouler. Si elle ne roule pas je risque le ridicule. Donc je dois rouler. » Le lendemain, sa méditation déboucha sur un raisonnement de construction identique mais poussé plus loin : « Pour rouler, une voiture doit être conduite. Je suis incapable de la conduire. Donc, il me faut un chauffeur. » De quelques lectures postscolaires consacrées à des traités de logique formelle dénichés au fond d'un grenier, Ségolène avait contracté l'habitude de dissimuler sous les oripeaux de la plus stricte rationalité ses actes les moins raisonnables, se persuadant que ce n'était jamais la passion ou la démesure qui la poussaient à des fréquentations douteuses ou à des achats dispendieux mais l'analyse froide d'une situation et l'obligation d'y faire face.

Restait à recruter le chauffeur. Ségolène consulta les demandes d'emploi publiées par *Le Progrès* ainsi que les affichettes apposées dans certaines boutiques. Elle reçut une demi-douzaine de candidats, benêts ruraux désireux de troquer la conduite des tracteurs contre celle des limousines. Ils n'avaient pas le profil. Elle souhaitait un préposé raffiné, ayant presque autant de classe qu'elle et qui les absoudrait tous deux du ridicule lorsqu'il quitterait son volant pour faire le tour du véhicule et lui ouvrir cérémonieusement une portière sur laquelle elle envisageait de faire peindre ses initiales. Il faudrait, outre les qualités de sang-froid, de prudence et d'adresse qu'on attend d'un chauffeur, qu'il possède aussi les qualités mondaines et intellectuelles requises par un « monsieur de compagnie ». La ruralité devait donc céder le pas à l'urbanité. A partir de cette pirouette sémantique, Ségolène dressa le portrait-robot de son futur automédon. Elle le voyait grand, blond, solide, trapu (il serait aussi son garde du corps), non dépourvu de charme puisque, la rumeur publique en faisant de toute façon son amant, elle sauvegarderait une partie de sa réputation si l'on ne pouvait remarquer de surcroît qu'elle manquait de goût. Ce mélange de force et d'obséquiosité prit soudain un visage : celui de l'ordonnateur qui, aux obsèques de Louis, avait effleuré sa main en lui passant le goupillon. Pas de doute, c'était lui. Rien de plus simple : il suffisait de le retrouver, de le convaincre d'abandonner un emploi sûr pour une situation précaire et – fouette cocher ! – l'équipage de Ségolène, la veuve du grand soyeux disparu, ferait sensation bien au-delà de son quartier. Pendant deux jours, elle ressassa son projet, se convainquit elle-même qu'il n'entrait rien d'amoureux ni de sexuel dans sa rêverie et qu'elle n'ajouterait pas un domestique à la galerie de mâles exceptionnels admis dans sa couche. Pour la première fois d'une existence vouée tout entière à l'égoïsme, Ségolène regrettait de n'avoir pas une amie qui pût s'entremettre. Faute de quoi, elle finit par s'en aller jusqu'à la succursale des pompes funèbres sous prétexte d'obtenir, à des fins de régularisation fiscale, copie de la facture des obsèques de Louis. L'homme au goupillon n'était pas là. Ségolène n'osa pas s'enquérir de son identité. Il devenait urgent d'aviser. On souriait déjà au passage – à pied – de « la dame à la Bentley ». On s'esclafferait bientôt. Alors, l'opération serait ratée puisque, en dépit d'un gros investissement, Ségolène perdrait la face au lieu d'obtenir le respect souhaité. Quinze jours après l'achat de la voiture, elle s'installa au volant, mit le contact, démarra, s'arrêta trois quarts d'heure une rue plus loin et revint stationner à une autre place devant son immeuble. La voiture avait roulé. Les quolibets cessèrent. Mais l'ascension sociale de Ségolène demeurait géographiquement très limitée. Simon ne s'était plus manifesté. Le notaire avait adressé à Ségolène les comptes de la succession au terme desquels, impôts et frais payés, emprunts remboursés à la banque et le fils du *de cujus* désintéressé, il restait trois millions de francs. « Ce n'est pas une fortune, convenait le notaire mais, bien placé, cet argent peut vous rapporter une agréable petite rente. » On était loin des centaines de millions espérés. Les bâtiments de l'usine étaient hypothéqués, le fonds de commerce revenait aux employés. Ségolène se jugeait flouée, estimant qu'elle s'était dévouée pour pas grand-chose et que la modicité du legs constituait une vengeance posthume de Louis. Pour la première fois depuis l'enterrement, elle se rendit au cimetière afin de marmonner ses reproches sur la tombe du défunt :

— Tu m'as bien eue, mon bonhomme. Trois malheureux petits millions pour quatre années de ma vie !...

Et comme d'autres veuves s'approchaient de caveaux voisins, elle esquiva une génuflexion avant d'articuler une prière de sa façon :

— Va au diable !

Ce pèlerinage coléreux lui avait remis en mémoire l'extraordinaire émotion éprouvée au contact de la main d'un inconnu chargé de convoyer l'homme dont elle portait le deuil. Elle s'attacha à reconstituer sa stature massive et rassurante, son visage régulier et surtout cette masse de cheveux blonds qui le coiffait comme un toit de chaume une maison normande. Il émanait de ce garçon une force un peu trouble, un magnétisme quasi animal.

Trois jours plus tard, elle faillit ne pas le reconnaître lorsqu'elle le croisa dans la rue. Elle ne l'avait jamais vu — dans son bureau, à la levée du corps puis au cimetière — que chapeauté, vêtu et ganté de noir. Il n'était plus aussi imposant en jeans mais la décontraction lui donnait en souplesse ce qu'elle lui retirait de solennité. Ce fut lui qui fit les premiers pas :

— Je vous renouvelle mes condoléances, madame.

Et devant son air ahuri, il se situa :

— Germain Muller, j'ai eu le triste privilège de vous accompagner durant votre grand deuil.

Elle s'excusa de sa distraction, évoquant les pensées dans lesquelles elle était plongée, en omettant de lui préciser la place qu'il y tenait. Puis elle s'enquit de ses activités :

— Ça doit marcher pour vous... avec toutes ces mauvaises grippes...

Il fit une grimace désabusée :

— J'ai démissionné la semaine dernière. J'en avais assez de passer mon temps à écouter pleurer des gens qui, en réalité, se réjouissent de voir leur tomber un héritage. Ils n'ont qu'à tous crever sans moi la gueule ouverte !

Ségolène sut qu'elle venait de rencontrer plus méchant qu'elle. Et elle en éprouva autant de ravissement que d'inquiétude, devinant que le caractère intraitable de Germain s'exercerait à ses dépens. Elle l'entraîna sans qu'il se rendît compte jusqu'à son immeuble afin de lui présenter la voiture :

— Bentley 1985, une vraie folie...

Il apprécia en connaisseur, loua la sobriété de la couleur, la puissance du moulin, la classe d'un véhicule qui, non seulement, n'était pas celui du premier venu mais qui encore épargnait à son heureux propriétaire le malsain exhibitionnisme des amateurs de Rolls Royce. Ségolène exultait d'être aussi bien comprise. Germain lui tendit soudain la perche qu'elle attendait :

— J'aimerais bien l'essayer...

— Quand vous voulez, jeta-t-elle, de peur qu'il ne parlât d'autre chose ou qu'il n'en eût plus envie.

Ils convinrent d'une sortie le dimanche suivant. Départ à dix heures et plus tard pique-nique au bord d'un étang du côté de Mâcon. En regagnant toute joyeuse son appartement, Ségolène se dit que la vie valait vraiment d'être vécue pour peu que l'on sût l'organiser. Puis elle passa dans son « cabinet de débarras », obscure séquelle de plusieurs déplacements de cloisons où elle avait entreposé les colifichets offerts par Louis. Elle prit à deux mains la masse soyeuse, s'en caressa les joues, courut jusqu'au salon, déversa dans la cheminée ces atours symboliques d'un passé révolu et y mit le feu comme on donne un coup de grâce. Quand l'autodafé fut à demi consommé elle ouvrit ses placards et fouilla dans sa mémoire : ni dans les uns ni dans l'autre elle ne trouva quoi que ce fût qui lui parût digne d'être conservé. Les vêtements qu'elle avait portés lui semblèrent aussi démodés que les hommes qu'elle avait supportés. Rien n'avait vraiment eu d'importance. Les années avaient défilé sans laisser de traces ni de repères. Comme si elle venait seulement de naître.

Chapitre II

Germain Muller fut exact au rendez-vous. Embusquée derrière sa fenêtre, Ségolène le vit traverser la rue à grands pas et se poster à côté de la voiture où il adopta d'instinct l'attitude du chauffeur de maître attendant sa patronne. Bon présage. Elle se félicita d'avoir subodoré que quelqu'un qui avait conduit tant de morts pouvait piloter une personne aussi vivante qu'elle. Il lui ouvrit la portière arrière, ôtant une casquette imaginaire avec les signes du plus profond respect. Puis, après avoir placé dans le coffre le panier commandé à un traiteur, il gagna sa place à l'avant. Au volant, il était manifestement à son affaire. Sous son pied la voiture ronronnait, contenant ses envies de bondir. A la sortie de Lyon, il prit de l'allure mais sans outrepasser la vitesse limite indiquée par les panonceaux. Ségolène vivait un moment très doux et très nouveau. Pour la première fois, elle éprouvait la sensation euphorique et contradictoire de dominer un homme qui la protégeait entièrement en reconnaissant sa supériorité intellectuelle et sociale. De Germain, Ségolène, alanguie, ne distinguait qu'une nuque et un regard. La nuque, en partie dissimulée par le casque de cheveux blonds, était épaisse et le regard quittait de temps à autre le pare-brise pour surveiller aussi la passagère par le truchement du rétroviseur. Les passagers d'un véhicule qui les dépassa lui firent des signes de connivence. Ségolène leur rendit la politesse avec la grâce un peu hautaine qu'elle avait vu, à la télévision, la reine d'Angleterre déployer lors d'un voyage officiel. Georgette Rossinot était devenue la dame à la Bentley, richissime et adorable veuve lyonnaise qui s'offrait une escapade en compagnie d'un de ses gens. Certes, Germain ignorait encore son projet de le prendre à son service mais l'affaire était bien partie. N'était-il pas à la fois chômeur à la recherche d'une situation et visiblement séduit par la patronne et par la voiture ? N'avait-il pas donné un accord implicite à une proposition non formulée en lui ouvrant la portière et en l'installant à l'arrière afin de situer d'emblée la distance qui devait les séparer ? Ils s'arrêtèrent dans une jolie clairière d'où l'on voyait passer au loin le TGV. Le pique-nique releva du même psychodrame. Ségolène commandait le poulet froid, les œufs durs, la moutarde et Germain déférait à ses ordres, massif et souple, fort et dévoué, comme devaient l'être, pensa-t-elle avec nostalgie, les serviteurs des grandes familles au siècle dernier. Ils grignotèrent en silence puis elle entreprit de le questionner sur son enfance. Il était né dans une ferme

du Berry, fameuse pour occuper le centre géogra-
phique de la France. Chaque week-end des touristes
s'arrêtaient, frappaient à la porte et demandaient
la permission de faire des photos comme s'il se fût
agi d'un pèlerinage aux sources du monde. Trois
autres villages voisins revendiquaient une particu-
larité identique mais les Muller, parents de Germain, plus dynamiques et qui avaient imaginé de
vendre des boissons puis de petits en-cas aux hordes
qui envahissaient leur salle à manger, tenaient la
vedette.

Germain avait interrompu assez tôt une scolarité
médiocre pour participer aux travaux des champs.
Il lui en était resté des sudations qui fleuraient le
foin coupé, le goût de la nature et une vision agri-
cole des problèmes du quotidien. Il mangeait de
façon rustique, portant à la bouche la quasi-totalité
de ses aliments à l'aide d'un couteau énorme qui ne
le quittait jamais et qu'il essuyait méticuleusement
après chaque usage avant de le ranger dans une
poche. Ségolène, qui ne supportait pas qu'on pût
découper les filets d'une sole avec des couverts ina-
daptés, regardait avec attendrissement ce manège
qui traduisait sinon une excellente éducation, du
moins une belle santé, infiniment plus précieuse.
Germain était aux petits soins. Après la collation, il
fabriqua un abri de branchages afin que Ségolène
prît quelque repos. Elle fit semblant de dormir,
l'observant à travers ses cils, bel animal en liberté,
félin dans ses mouvements, carnassier dans son sourire, montant auprès d'elle une garde qui l'émut
comme le premier contact de leur main au cime-

tière, jusqu'à ressentir une grosse bouffée de chaleur. Patient, Germain attendait que Ségolène fût réveillée en taillant une badine. Quand elle fit semblant de reprendre conscience, il l'aida à se remettre sur pied en l'effleurant à peine. Le retour effectué à très petite vitesse en raison des embouteillages donna l'occasion à Ségolène de parler de ses préoccupations : elle se sentait bien seule depuis la disparition de ce pauvre Monsieur Louis, elle regrettait presque d'avoir acheté cette belle voiture qu'elle était incapable de conduire, bref, elle était triste mais elle entendait bien profiter de la vie. Germain opinait, tout à son volant, en réalité peu désireux de réagir à des projets dans lesquels il ne distinguait pas encore nettement le rôle qu'on souhaitait lui confier. Certes, cette femme cherchait quelqu'un de fort sur qui elle pût s'appuyer, mais il n'était pas assez subtil pour discerner si elle était en quête d'un homme de compagnie ou d'un homme tout court. Au moment où la Bentley pénétrait dans l'agglomération, Ségolène se lança :

— Et si vous deveniez mon chauffeur ?

— Faut voir, grommela laconiquement le pressenti sans laisser paraître la moindre émotion.

Quelques minutes plus tard il ajouta, pour expliquer ce qui pouvait passer pour un manque d'empressement :

— Vous comprenez, ce n'est pas mon métier.

Ségolène comprenait si bien qu'elle se garda d'insister. Elle essaya un autre sujet : Germain était-il célibataire, marié, divorcé ? Il n'accrocha pas davantage, bougonnant qu'il s'agissait de sa vie privée. Sa discrétion dissuada Ségolène de s'étendre sur ses propres expériences, comme elle l'aurait souhaité avec l'arrière-pensée de se dépeindre sous les traits d'une femme seule, exemplaire, souvent déçue par les hommes mais toujours disponible.

Germain n'était pas du genre causant. Durant toute cette première journée il s'était borné à l'essentiel : « Elle tient bien la route » pour la Bentley et « vous commencez par le poulet ? » pour le pique-nique. A côté de lui, feu Chrétien semblait disert. Une fois de plus, Ségolène devait faire les questions et les réponses. Elle s'y résignait de la meilleure grâce. Germain possédait sans doute d'autres ressources. Ségolène savait, par expérience, que les hommes bourrus sont souvent d'excellents amants : « On parle ou on agit », disait volontiers le père Rossinot, porté sur les aphorismes entre deux ventes de boutons. Ségolène, elle, appréciait que, pendant l'acte amoureux, ses partenaires fussent bavards. Pas par vice, mais parce qu'elle avait besoin d'être informée de la façon dont les choses se passaient, du rapport de force institué par le déduit et parce que, dans ces moments-là, auxquels elle n'apportait jamais sa participation de gaieté de cœur, elle appréciait les encouragements, voire les compliments. Germain apporterait sans doute plus de vigueur que de subtilité à l'exercice. Elle ne pouvait guère attendre mieux de lui que des halètements de désir avant l'orgasme et des grognements de contentement pendant. Seul Gérard de Tignes, le père de son fils Victor, lui avait donné satisfaction sur ce plan-là. Tout en s'activant, il n'arrêtait pas de commenter la situation, de promettre, de menacer, d'injurier. Au début, Ségolène était aux anges. Puis, son instinct critique reprenant le dessus, elle finit par se blaser d'entendre les mêmes mots au même moment car Gérard avait conçu une fois pour toutes un monologue érotique qu'il interprétait avec l'automatisme des artistes qui ont longtemps fait du cabaret. Par la suite, elle n'avait jamais retrouvé ces apostrophes triviales capables de donner un peu d'âme à la bête à deux dos.

Germain se gara impeccablement devant la porte de l'immeuble, descendit, fit le tour du véhicule à l'inverse du départ, et l'aida à descendre. Ils étaient là, tous les deux, sur le trottoir à se regarder, gênés, en se demandant si cette journée aurait un lendemain et, dans l'affirmative, lequel devrait prendre l'initiative de provoquer une nouvelle rencontre. Ségolène se jeta à l'eau en usant du ton le plus impersonnel qu'elle réussit à s'imposer :

— J'ai des courses à faire mardi prochain. Puis-je compter sur vous ?

— Ça me va, dit le balourd. A quelle heure ?

— Après le déjeuner, ça suffira, précisa-t-elle avant de le congédier d'un signe de main protecteur auquel il ne jugea pas opportun de répondre, se contentant de lui remettre les clés de la voiture après l'avoir fermée.

Avant de passer le portail, Ségolène eut le temps d'apercevoir derrière les voilages quelques silhouettes qui l'épiaient. Elle ne fut pas fâchée d'avoir offert le spectacle d'une grande bourgeoise donnant des ordres à son chauffeur plutôt que celui d'une veuve joyeuse revenant d'une promenade galante avec un intérim vigoureux. Enfermée dans sa chambre, elle se repassa inlassablement le film de ce dimanche à la campagne qui avait favorisé le rapprochement qu'elle souhaitait sans créer aucune intimité ni même susciter l'une de ces ambiguïtés troubles qui l'excitaient davantage que la déclaration la plus précise. Elle revoyait la nuque de Germain studieusement penchée sur le volant, son regard sans passion ni curiosité renvoyé par le rétroviseur, le repas partagé sur l'herbe sans qu'elle pût être certaine d'avoir établi un semblant de relation humaine : « C'est ma faute, se dit-elle, je dois l'effrayer avec mon argent, avec ma personnalité, avec ma beauté, avec mes questions. » Elle résolut de se montrer plus simple, plus proche, plus douce. Elle en avait amadoué d'autres avant de les rejeter dès lors qu'elle s'avisait qu'ils ne seraient pas des compagnons très raffinés ni très présentables mais, pour l'heure, elle n'avait besoin que d'un type solide, capable de la protéger contre les gens et contre elle-même.

Le mardi, elle le trouva affairé à nettoyer les vitres à l'aide d'un chiffon qu'il avait pris la précaution d'apporter. Détail insignifiant mais qui tendait à prouver qu'il s'était résolu à entrer dans le jeu du chauffeur qu'elle avait imaginé. Elle le salua d'un sonore : « Bonjour, Germain », auquel il ne répondit que par un signe de tête. Ce costaud était aussi un timide. Ségolène aurait, le moment venu, du culot pour deux. En attendant, elle se fit conduire place Perrache, chez le Dr Perrot. Le praticien parut surpris de la revoir. Elle expliqua qu'elle tenait à s'excuser de la vivacité de ses remarques à une période où la santé de son compagnon lui donnait tant d'inquiétudes. Le Dr Perrot indiqua d'un geste à la fois noble et sans illusions que le passé était oublié. Et, comme Ségolène ne prenait pas congé, il lui demanda ce qui n'allait pas :

— Tout, reconnut-elle. La vie m'a pourtant apporté beaucoup mais je ne profite de rien.

Et elle lui narra, en s'efforçant d'oublier le plaisir que ses confidences de frustrée pouvaient procurer à quelqu'un qu'elle avait si fort malmené, ses ambitions sociales déçues, ses longues journées sans but, sa solitude affective et son goût pour ce luxe à l'obtention duquel elle subordonnait son bonheur. Perrot, qui avait commencé à prendre des notes, s'interrompit très vite et se borna à lisser les ailes de son nœud papillon, manipulation qui annonçait, chez lui, une intense perplexité. Cette cliente n'était pas de son ressort. N'osant l'envoyer à un psychiatre, il lui prescrivit un euphorisant :

— Ce n'est pas grave, la rassura-t-il, la maladie et la mort de M. Chrétien vous ont éprouvée. Rien de plus normal.

Elle s'arrangea en prolongeant la conversation tandis qu'elle entamait son repli pour qu'il la raccompagnât sur le palier, puis jusqu'au bas de l'escalier, enfin jusqu'au trottoir, afin qu'il la vît monter dans sa Bentley et qu'il aperçût le chauffeur.

Le Dr Perrot s'approcha de la vitre qu'elle avait abaissée pour lui dire au revoir :

— Chère madame, je dois rectifier mon diagnostic.

Votre dépression porte un nom. Vous faites du bovarysme... du nom d'une héroïne de Flaubert, petite-bourgeoise insatisfaite et qui s'était, par ennui et faiblesse, lourdement endettée auprès d'un marchand de colifichets. Vous, vous serez la proie des garagistes. Au revoir, madame.

Et il s'éloigna avec la conscience doublement satisfaite d'un homme qui venait de faire son métier et de montrer son caractère tandis que, surprise et offensée d'avoir été aussi complètement démasquée, Ségolène lui jetait un « mufle » ! qu'il n'entendit pas et que Germain fit semblant de ne pas percevoir.

Le reste de la journée confirma avec éclat le diagnostic du bon Dr Perrot. S'étant fait conduire dans l'artère des boutiques de luxe, Ségolène acheta trois robes du soir, deux ensembles de ville, cinq paires de chaussures, du linge de table et une ménagère complète d'argenterie ancienne, tirant des chèques sur un compte dont elle ne prenait pas la peine d'évaluer l'approvisionnement et multipliant des emplettes qui obéissaient davantage au plaisir immédiat de l'achat qu'à l'usage ultérieur. En se comportant ainsi, Ségolène s'offrait des vêtements ou des objets, certes, mais surtout des commerçants, des vendeurs qu'elle asservissait momentanément à ses caprices, l'illusion de la puissance, assortie de courbettes et de compliments. Qu'elle évoluât loin du quartier des Brotteaux ajoutait à l'impression de reconnaissance sociale. Dans le centre, personne ne savait qui elle était et on l'acceptait sur la seule vue de la Bentley et du chauffeur, sans s'étonner, sans se gausser, sans s'inquiéter alors que, dans sa rue, et nonobstant un héritage dont tout le monde était au courant, on eût fait de sa soudaine magnificence des gorges chaudes. Ce n'est que tard dans la soirée, après avoir donné rendez-vous à Germain pour le lendemain, que, rentrée chez elle, Ségolène reprit son souffle et s'avisa qu'elle avait plus dépensé en une seule journée que durant les trois mois précédents. Elle se promit de faire ses comptes, d'abord sur les souches de son chéquier, ensuite dans le dossier où elle avait classé le courrier du notaire. La première traite de la Bentley fut présentée le lendemain. Son banquier, qu'elle avait négligé d'avertir, lui téléphona pour s'étonner de largesses qui, prophétisa-t-il, feraient disparaître en moins d'un an la totalité de son patrimoine. Ségolène ne cacha pas son irritation avant de lui raccrocher au nez :

– C'est mon argent, cher monsieur, je suis majeure et j'entends mener ma vie à ma guise !...

Elle effectua quand même l'addition des sommes disponibles, en omettant de comptabiliser les autres échéances de la Bentley ainsi que le montant du loyer et des impôts locaux dont Louis n'assurait plus le règlement depuis qu'il s'était retiré dans sa dernière demeure. Les fonds étaient en baisse. Ségolène ignorait la méthode pour les faire remonter. Toute autre eût envisagé de chercher à travailler. Mais le mot ne figurait pas dans son vocabulaire. Elle ne l'avait jamais employé, même lorsqu'elle avait joué – deux heures par jour – à la patronne, même aux moments les plus difficiles de son existence, si l'on exceptait sa fugitive présence dans le commerce de détail paternel, quinze jours passés en apprentissage dans une usine de bonneterie qui lui avaient insufflé pour toujours l'horreur du monde laborieux des entreprises et de son cortège de levers à l'aube, de petits chefs, d'interminables journées rythmées par des regards jetés sur la pendule et de repas sans saveur pris dans une cantine plus puante que l'haleine des voisins de table. Il lui en était resté le dégoût de l'enfer ouvrier et la résolution de ne plus jamais se salir les mains. Quand elle s'était mise en ménage avec Louis, elle ne lui avait pas caché la raison d'une décision sur la nature de laquelle il ne pouvait s'empêcher de s'interroger :

– Tu es vieux, tu es sale, tu es moche, mais je sais que, tant que tu seras là, je n'aurai pas besoin d'aller au charbon.

Louis étant mort sans lui laisser le pactole qu'elle attendait, la question risquait de se poser de nouveau. Et pour l'instant, elle y avait d'autant moins de réponse qu'elle se trouvait dans une frénésie de dépenses. Au moins convenait-il de mettre de l'ordre de ce côté-là. Elle pensa à revendre la Bentley. Mais c'eût été à la fois avouer ses difficultés à tout le quartier et renoncer au seul alibi susceptible d'amener Germain dans son lit. Elle entendait rester la dame à la Bentley, la fausse milliardaire qui inspirait crainte, respect et admiration. Elle résolut d'aller prendre conseil du notaire. Me Mouillard était de la vieille école, estimant qu'on ne devait dépenser que l'argent qu'on possédait en caisse et qu'il était préférable d'économiser plutôt que d'échanger des espèces contre des biens de consommation. Il rédigea sur un coin de table un projet de budget mensuel aux termes duquel Ségolène devait pouvoir vivre du loyer de l'argent que lui avait légué Louis à sa mort et du revenu des sommes qu'elle lui avait subtilisées de son vivant. Elle parcourut le projet, approuva le total mais se garda de remarquer qu'il aurait fallu ajouter les frais de la voiture et le salaire du chauffeur. Elle n'avait pas encore fait litière du postulat quotidiennement vérifié du temps de Louis. A savoir qu'une femme entretenue peut dépenser tout ce qu'on lui rembourse sans diminuer pour autant son capital.

Le soir même, après la seconde journée d'essai, elle eut une conversation plus franche avec Germain. En quelques mots elle réitéra sa proposition, que Germain accepta dès lors qu'elle fut assortie d'appointements qui lui parurent convenables. Il exigeait en outre d'être nourri à midi et de prendre, à son choix, un jour de congé par semaine. Ségolène donna son accord, toute à sa joie d'avoir mené à bien une opération dont elle ne mesurait pas encore dans quel sens elle allait transformer sa vie. Simon appela, quémandant un droit de visite. Ségolène ne prit pas de gants pour le décourager :

— Je ne vois pas mes propres enfants. Pourquoi perdrais-je du temps avec le fils de quelqu'un qui ne m'était rien ?

A l'autre bout du fil, Simon se montra pour la première fois agressif :

— Dans ces conditions je me réserve d'attaquer le testament de mon pauvre père qui n'était visiblement pas dans son état normal lorsque vous l'avez obligé à signer le document produit par le notaire.

Ségolène répondit qu'elle n'avait jamais connu Louis dans un état normal et raccrocha. Germain prit officiellement ses fonctions le lendemain. Ségolène crut adroit de ne rien lui demander le matin afin de voir comment il occuperait son temps. Elle eut tout lieu d'être satisfaite : le chauffeur bichonnait, astiquait, vérifiait sa voiture avec une minutie du meilleur augure. Vers midi, il monta afin de prendre ses ordres. Elle lui indiqua qu'elle ne sortirait pas avant qu'ils eussent déjeuné. Le repas était déjà servi sur la table de la cuisine. Germain y fit honneur, son éternel couteau à la main, mastiquant consciencieusement avec l'air pensif d'un primate convié chez le directeur du musée de l'Homme. Germain Muller méritait bien son prénom. Germain, il l'était par sa blondeur, sa solidité, son mutisme, par tous les signes de son appartenance à la race aryenne, par la rigueur laborieuse qu'il semblait avoir acquise en travaillant chez les Walkyries. Le déjeuner fut aussi silencieux que s'ils avaient vécu ensemble depuis vingt ans. Ségolène avait volontairement simplifié le menu afin qu'elle ne parût pas, en se levant trop souvent de table, être la servante de son domestique. L'idéal eût consisté à s'assurer de nouveau le service d'une cameriste mais il n'en n'était financièrement pas question. L'après-midi se passa en menues courses dans différents quartiers de la ville. Ségolène se faisait arrêter non à proximité des boutiques dont l'objet répondait à ses besoins ou à ses rêves mais devant les vitrines qui réfléchissaient le gracieux spectacle d'une femme élégante descendant d'une luxueuse limousine, aidée par un chauffeur stylé. Elle ne se lassait point de cette image agréable qui authentifiait la haute idée qu'elle avait d'elle-même et de sa réussite sociale. Tout au plus s'efforçait-elle d'afficher l'air légèrement blasé de mise, selon elle, chez une femme habituée à l'opulence et au confort. Dans les jours qui suivirent, elle eut le plaisir d'entendre des fournisseurs ou des voisins évoquer « son chauffeur », preuve que ses contemporains avaient accepté qu'elle interprétât devant eux le rôle de grande bourgeoise qu'elle s'était attribué. Elle ne nourrissait plus guère d'arrière-pensées à l'égard de Germain. L'orgueil était, chez elle, plus important que les sens puisque l'émotion qu'elle ressentait en le retrouvant chaque matin tenait davantage à la perspective d'une journée de parade qu'à la présence d'un homme séduisant et jeune au tempérament duquel elle eût pu faire appel pour des services fort différents et plus intimes que ceux dont elle se contentait. Germain ne songeait pas plus qu'elle à la bagatelle. A bien l'observer, il faisait davantage penser à une bête de somme qu'à une bête de sommier. Elle n'essayait même plus de converser durant l'heure du repas, comme si elle n'eût plus eu de curiosité à son endroit, ou comme si elle eût redouté des réponses trop précises aux questions qu'elle avait, un temps, voulu poser. Ségolène était presque heureuse. Privée de tête de Turc et nantie d'un statut social qui lui conférait pignon automobile sur rue dès qu'elle sortait, elle éprouvait la satisfaction proche de la sérénité de se voir traitée enfin selon ses mérites et non plus en intrigante ou en mégère. Son bonheur culmina à l'occasion d'un léger accrochage. Germain était dans son droit. L'agent de police qui s'approcha la salua militairement et commença par « votre chauffeur » une phrase dont elle n'entendit pas la suite, trop émue par cette reconnaissance implicite de sa qualité par un représentant de la République. Cet homme à la psychologie rudimentaire ne s'était pas mépris. Il n'avait pas dit « votre mari » ou « votre ami ». Il avait su d'emblée à qui il avait affaire. Ségolène voyait dans cette nuance un brevet de noblesse décerné par l'État. Elle en tirait également la conclusion que, si elle ne voulait pas déchoir, il lui faudrait assumer coûte que coûte ses deux « signes extérieurs ».

C'était maintenant Germain qui préparait et apportait jusqu'à la table le repas de midi. Il l'avait fait spontanément, moitié parce qu'il était serviable, moitié parce qu'elle ne se montrait pas très experte derrière les fourneaux, en excipant d'un lointain apprentissage effectué dans un restaurant. Elle accepta avec empressement cette redistribution des tâches qui l'autorisait à déjeuner désormais seule dans la salle à manger, se félicitant d'employer en plus de son chauffeur un cuisinier ainsi qu'un maître d'hôtel dont la belle prestance faisait oublier la rusticité du service. Elle lui acheta une veste blanche pour l'appartement et déplora qu'il ne voulût pas porter la casquette en voiture. Ségolène rêvait de retourner sur la Côte d'Azur, cette fois en grand équipage, et de jouer dans les palaces le rôle, superbement affiné, d'une riche veuve essayant de tromper l'ennui et de vaincre la solitude. Cette dernière s'estompait depuis qu'elle avait trouvé deux étages plus bas dans l'immeuble une amie ou une confidente en la personne d'une jeune divorcée dodue que ses manières fascinaient. A Madeleine, elle racontait ses amours passées, enjolivant systématiquement les épisodes, jusqu'à affirmer qu'elle avait été très éprise de Louis :

— Certes, il était beaucoup plus âgé que moi mais c'était un génie. Il avait tout vu, tout compris. Il m'a tout expliqué. Je lui dois énormément.

Madeleine opinait, renchérissant sur les vertus d'un vieillard qu'elle n'avait jamais rencontré que claudiquant dans l'escalier. Pauvre Louis... Un ange passait puis Ségolène changeait de sujet :

— De toute façon, il est mieux là où il est puisque maintenant il ne souffre plus.

Et elle enchaînait sur une adolescence qu'elle ne situait plus dans la mercerie familiale mais dans une grande bâtisse — surnommée le château — qu'avait fait construire son père, brillant avocat à la Cour de cassation. Ségolène, qui n'allait pas jusqu'à prétendre à des origines aristocratiques, s'était taillé sur mesure cette noblesse de robe touchant aux sommets de la justice, décrivant les hauts magistrats qui fréquentaient « le château » et qui la faisaient sauter — non sans perversité — sur leurs genoux, avant de s'en aller condamner des violeurs d'enfants. Elle avait acheté dans une brocante de Saint-Cyr-au-Mont-d'Or le portrait d'un président de Cour d'assises qu'elle fit semblant d'avoir déniché au grenier :

– C'était mon père.

Madeleine, qui ne voyait pas malice, ne s'étonna pas que l'auteur des jours de Ségolène fût ainsi passé du barreau à la magistrature assise. Le « Président » avait grand air et, toutes décorations dehors, portait l'hermine comme un souverain. Tandis que Ségolène évoquait les hommes de sa vie, offrant au passage à Gonzague Saint-Paul deux étoiles de général de brigade gagnées au feu, Madeleine suivait d'un œil étonné le manège furtif de Germain qui préparait la table, époussetant ici et là, ludion du logis, maître Jacques aussi expert dans l'allumage des chandelles surplombant la cheminée que dans le nettoyage des bougies de la Bentley. Après le déjeuner, simple mais bon, Ségolène avait proposé à Madeleine une promenade en voiture. Une nouvelle étape était franchie. Pour la première fois, elle voisinait sur la banquette arrière avec quelqu'un, lui faisant les honneurs de sa résidence itinérante et se sentait encore davantage « la dame à la Bentley » parce qu'elle y avait prié une invitée. Après trois heures de balade, elles revinrent toutes les deux charmées, Madeleine de s'être déplacée aussi luxueusement, Ségolène d'avoir partagé son luxe.

Le dimanche suivant, Germain, sacrifiant son jour de congé, proposa un pique-nique. Ségolène accepta avec reconnaissance. Germain prépara le panier, briqua la voiture et mit le cap sur un village du Beaujolais. Ils déjeunèrent au bord d'une rivière, seuls au monde. Puis ils firent la sieste sur l'herbe,

111

non loin l'un de l'autre. C'est au moment de regagner Lyon que l'événement se produisit. Lorsque Ségolène se fut réinstallée à sa place favorite, Germain, au lieu de mettre le contact, dégrafa sa ceinture et la rejoignit. Son discours fut bref mais sans ambiguïté :

— Tu n'es qu'une salope, dit-il. Et il la prit sur la banquette arrière, lui faisant l'amour longuement, sauvagement, méchamment, comme elle n'avait jamais imaginé qu'on le fît.

Quand ce fut terminé, il se pencha obséquieusement vers elle :

— J'espère que Madame a été satisfaite !

Chapitre III

Le retour fut silencieux. Tandis que Ségolène s'efforçait de mettre un peu d'ordre dans ses vêtements et dans ses idées, Germain avait retrouvé son volant et son mutisme. Par peur de rompre le charme, elle n'osa pas prendre l'initiative d'une conversation. Devant l'immeuble, il lui ouvrit la porte avec la même obséquiosité que d'habitude. Elle crut cependant discerner un éclair dans ses yeux et un léger sourire sur ses lèvres. Il la quitta au bas de l'escalier et disparut jusqu'au lendemain matin. Ségolène eut une nuit agitée, partagée entre la satisfaction physique procurée par un assaut auquel elle ne s'attendait pas et l'inquiétude intellectuelle inspirée par le risque d'un changement des équilibres. Leurs relations allaient être modifiées ? Pouvait-on impunément devenir la maîtresse d'un chauffeur de maître ? A quel genre d'homme s'était-elle livrée ? Le quartier en serait-il informé ? L'homme la tutoierait-il ? Dans l'affirmative, devrait-elle l'accepter ? Et cette question subsidiaire dont elle appréhendait qu'elle ne devînt la plus importante : quand récidiveraient-ils ?

Cela n'en prenait pas le chemin. Jamais Germain n'avait été aussi respectueux, aussi distant. Elle s'évertuait à ne pas croiser son regard lorsqu'il vaquait, précis et silencieux. Peut-être avait-il craqué, mû par une soudaine et irrésistible passion ? Peut-être était-il honteux ? Peut-être ne se souvenait-il de rien ? Peut-être attendait-il qu'elle lui donnât d'abord l'absolution, ensuite la permission de recommencer ? La situation, trop trouble, n'était pas agréable. Même limitée dans le temps et couverte par le secret, elle aurait, à terme, des conséquences dommageables pour un foyer bourgeois. Ségolène, qui ne détestait pas d'ordinaire l'ambiguïté, même malsaine, sentait que cette fois elle courait un risque. Mais avait-elle envie de maintenir à distance le furieux qui s'était rué sur elle dans la Bentley ? Elle n'en était pas certaine. L'idéal eût été qu'elle pût ordonner à Germain de lui manquer de respect à des heures par elle choisies et dans le cadre d'activités rétribuées. « Après tout, pensait-elle, sans pour autant assimiler l'acte de chair à un travail, pendant qu'il s'occupe de moi, il ne s'occupe pas de la Bentley ! » Ce raisonnement la rassurait quelque peu à propos d'éventuelles revendications salariales qu'aurait émises son nouvel amant en prétextant qu'il faisait des heures supplémentaires dans une autre spécialité que celle pour laquelle il avait été engagé. Par peur d'être percée à jour et de fournir des éléments de moquerie à la chronique locale, elle avait cessé de voir Madeleine sans lui donner aucune explication. Elle déjeunait frugalement, ne sortait plus, préférant s'enfermer dans sa chambre pour rêver à ce dimanche après-midi où, avec son consentement, Germain l'avait violée. Elle se revoyait complètement offerte après un court moment de surprise, plus coopérative qu'elle ne l'avait jamais été, ivre de rage amoureuse, enfin amante pour la première fois d'une vie durant laquelle elle avait toujours reçu et jamais donné. Elle revivait le moment de gêne intense qui les avait séparés lorsque, calmés, ils s'étaient observés à la dérobée, elle couvrant sa nudité, lui remontant son pantalon, gestes sans noblesse d'êtres policés qui veulent oublier qu'ils se sont comportés comme des animaux et qui tâchent avec des artifices textiles de retrouver la dignité. Elle évoquait l'orgasme commun obtenu avec un rare synchronisme qui l'avait laissée quelques dizaines de secondes exsangue comme une blessée au bord de la route alors que lui ne cillait pas, soit qu'il n'eût pas voulu reconnaître le plaisir qu'il avait pris, soit qu'il eût été dans ses habitudes de conserver son calme dans des circonstances qui l'auraient fait perdre à tout autre. Ségolène, qui aimait bien prendre l'initiative et tout contrôler, en avait été pour ses frais. Elle ne s'en plaignait pas, ayant découvert sur le tard le plaisir insoupçonné de voir du pays dans une voiture arrêtée. L'atmosphère était lourde. Germain n'apparaissait plus devant Ségolène que le front buté, le regard torve. Elle ne savait s'il lui en voulait de l'avoir excité ou s'il s'en voulait à lui-même d'être sorti de ses gonds mais la mimique était éloquente et n'annonçait guère une reprise amoureuse. Ségolène acceptait l'hypothèse d'un acte sans lendemain et refusait celle d'une démission. Une étreinte unique suffisait à la guérir d'un fantasme en lui évitant les complications d'une liaison ancillaire. Un départ de Germain l'eût laissée seule, désespérée, obligée de vendre la voiture et d'acheter une conduite. Mais elle n'excluait pas une normalisation de leurs rapports, c'est-à-dire la poursuite quotidienne du travail sur la banquette avant et celle, périodique, du plaisir sur la banquette arrière.

Le banquier Batisse choisit de se manifester dans ce moment de grande incertitude. Sous prétexte de prendre des nouvelles de Ségolène, qu'il n'avait pas vue depuis son deuil, il passa une heure à deviser de tout et de rien dans le salon, estimant un à un les objets d'art, recueillant force renseignements de la bouche de Ségolène et couvant Germain qui s'affairait au ménage d'un regard intrigué. Alerté par le notaire qu'il avait rencontré fortuitement, il s'inquiétait de l'avenir financier de sa cliente :

— Je n'ignore pas les périls qui menacent une femme seule dans notre type de société. Il est de mon devoir de veiller au grain.

Ségolène protesta que tout allait bien, assurant que le budget établi par le notaire serait respecté. Elle évoqua – mollement – la possibilité de s'associer à une activité commerciale, ne pipa mot de la Bentley et se garda bien de répondre à la question concernant Germain que posaient les yeux de son interlocuteur. Batisse énuméra quelques placements judicieux que Ségolène refusa, arguant qu'elle voulait demeurer « souple et liquide ». Il s'ensuivit une évocation rapide de la belle figure de Louis, homme prudent, travailleur, intègre, dont Batisse avait accompagné l'ascension et qui illustrait, selon lui, les principales qualités du notable tel qu'il prospère dans la capitale des Gaules. A peine eut-il pris congé que Germain la coinça dans l'antichambre tandis qu'à son habitude elle cadenassait la porte. Elle balbutia :

– Mais enfin qu'est-ce qui vous prend ?

– Ne renverse pas les rôles, dit Germain. Tu n'attends que ça. J'ai bien compris ton appel quand tu as raconté que tu voulais être souple et liquide.

Le reste de l'entretien se perdit dans la chambre à coucher sur le lit dont Ségolène eut la lucidité de constater que Germain avait pris la précaution de le laisser ouvert. Ce qu'elle interpréta comme une préméditation avant de sombrer dans une extase durant laquelle elle ne sut plus exactement qui dirigeait la maison. Les choses se clarifièrent lorsque le coït prit fin. En lui tapant sur les fesses, Germain donna ses premiers ordres :

– A partir d'aujourd'hui, c'est toi qui feras la cuisine et le ménage. Le patron, désormais, c'est moi.

Encore sous le choc érotique, elle interpréta seulement la nouvelle comme l'officialisation d'une liaison voluptueuse, négligeant la remise en cause du rapport de force fondamental qui doit exister entre un domestique et son employeur. Elle aurait eu tort de compliquer des choses aussi simples : Germain avait envie d'elle et elle avait envie de Germain. Postulat élémentaire auquel des millions de couples devaient de s'être formés et de fonctionner. Pour le reste, ce serait le *statu quo* garanti par le salaire qu'elle versait à Germain, régulièrement déclaré à la Sécurité sociale, par sa position patronale aujourd'hui entérinée au-delà des Brotteaux, par son caractère fort dont elle avait la faiblesse de penser que rien ni personne ne pourrait plus le modifier.

TROISIÈME PARTIE
Germain tout seul

Chapitre premier

La vie avait beaucoup changé. Ségolène ne sortait guère, consacrant l'essentiel de son temps à des tâches ménagères, sous les critiques acides de Germain :

— Ma pauvre fille, tu as été très mal éduquée. Il était temps que j'arrive !

Elle ne le reconnaissait plus. Elle avait l'impression qu'il avait baissé le masque en même temps que le pantalon. Le garçon complexé, bougon et silencieux avait fait place à un tyran bavard. Toute trace d'humilité avait disparu. Il passait des heures à lire le journal ou à regarder la télévision tandis qu'elle s'activait au ménage ou à la cuisine. Parfois, il consentait à lui donner un conseil :

— Tu tiens mal ton balai... Mets d'abord une noix de beurre dans ta poêle... Fais revenir à feu doux...

Il trônait dans le meilleur fauteuil du salon, veillant à ce qu'elle ne marquât aucun temps d'arrêt. Souvent elle se plaignait :

121

— Je n'en peux plus.

Il la réconfortait avec une grande tape sur les fesses :

— Allons, secoue-toi ! Heureusement que tu es moins paresseuse au plumard...

Elle essayait de prendre la remarque pour un compliment mais se sentait, au fond d'elle-même, choquée par cette vulgarité. Elle aurait apprécié d'être considérée comme une femme. Or, Germain la traitait comme une fille. En quelques jours, tous les signes extérieurs qu'elle avait payés si cher s'étaient dilués en signes intérieurs dont elle n'avait plus le contrôle. La Bentley ne roulait plus. Le chauffeur-maître d'hôtel s'était métamorphosé en maître exigeant et goguenard :

— Toi à la cuisine qui travailles, moi au salon qui regarde la télé... Nous formons maintenant un vrai couple.

Il lui avait interdit toute coquetterie, la contraignant à jouer les souillons. Quitte à brocarder son défaut d'élégance :

— Chassez les dentelles, les fourrures, et le manque de classe revient au galop ! Tu me rappelles une serveuse de bistrot que j'ai beaucoup aimée mais elle était plus jeune et plus jolie que toi...

Veillant à ce qu'elle ne se coiffât pas plus qu'elle ne s'habillât, il l'obligeait à descendre la poubelle à des heures qui lui semblaient propices à la rencontre des voisins dans l'escalier. Elle protestait :

— Tu ne crois pas que je pourrais attendre la nuit ?

Alors lui, cinglant :

— Madame a honte ? Et de quoi s'il vous plaît ?

La grinchieuse

Qu'on voie Madame telle qu'elle est réellement ?
En train de se rendre utile pour la première fois de
son existence ? A la place de Madame, je serais plutôt fière d'être devenue une ménagère comme les
autres.

Quand il considérait qu'elle avait fait son devoir,
il la prenait là où elle se trouvait : dans la cuisine,
dans la salle de bains, au salon, rarement dans la
chambre à laquelle il reprochait d'être trop conju-
gale. Ce faisant, Germain n'assouvissait pas seulement un désir sexuel, il étanchait aussi une soif de
revanche sociale. Au point que, si Ségolène n'avait
pas perdu son sang-froid, elle aurait décelé dans ses
fougueux assauts un relent de syndicalisme militant.
Ancien cégétiste, Germain ne cachait pas ses ambitions ni sa stratégie :

– Le patronat, moi, je le baise !...

Et il veillait à l'humilier en lui imposant de préférence les pratiques qu'à l'évidence elle appréciait
le moins. Quitte, une fois satisfait, à la morigéner :

– Tu fais ça du bout des lèvres. Peut-être qu'il te
faudrait une paille ?

Elle riait jaune. Doublement vexée de ne plus
être, comme elle l'avait cru un temps, une femme
du monde et de ne pas être devenue pour autant
ce que Germain appelait admirativement « une vraie
salope digne de ce nom ». Ce n'était pas la perversité
intellectuelle qui lui manquait mais une certaine
générosité physique. Non qu'elle ne pensât – enfin !
– au plaisir de son partenaire, mais elle songeait
aussi à économiser ses efforts et à ne pas adopter
de position ou à prendre d'initiative qui, privée de

tout alibi érotique, eût pu la rendre ridicule. Or, sur ce plan également, Germain faisait preuve de plus en plus d'exigences :

— Occupe-toi de moi, ordonnait-il en s'asseyant confortablement, et elle se traînait à ses genoux sans oser espérer qu'en retour il s'« occuperait » d'elle.

Le Dr Perrot lui envoya un exemplaire de *Madame Bovary* qu'elle parcourut distraitement le soir quand Germain regardait la retransmission des matchs de foot. Elle ne se reconnut pas dans le personnage central mais les déceptions causées par Charles à Emma lui rappelèrent Louis et elle revécut ses rapports heurtés avec l'argent. S'il lui avait fallu se dénicher une filiation littéraire elle aurait plutôt pensé à Cosette condamnée aux travaux forcés ménagers ou à la porteuse de pain.

Un soir qu'elle émergeait de la cuisine après six heures de repassage méticuleux des chemises de Germain, elle trouva Madeleine bavardant au salon :

— Je l'ai rencontrée dans l'escalier, expliqua Germain. Elle m'a demandé de tes nouvelles. Je lui ai proposé de venir s'assurer que tu étais en bonne santé.

Et pour bien indiquer à la visiteuse que l'organigramme local avait évolué, il laissa tomber d'une voix méchante un : « Fais-nous un café ! » qu'elle ressentit comme une injure. Ce qui ne l'empêcha pas d'obtempérer. Quand elle revint avec le plateau, elle comprit que Germain parlait d'elle :

— Elle a un bon fond et de mauvaises habitudes. Il était temps qu'on la reprenne en main. Hein, ma biche ?

Et il l'attira sur ses genoux, la lutinant distraitement pour confirmer sa position de servante-maî-
tresse. Ségolène aurait voulu se justifier auprès de
Madeleine, lui raconter tout ce qui s'était passé,
solliciter un avis. Mais Germain ne les laissa pas
seules une seconde.

— Je reviendrai, promit Madeleine en cachant la
curiosité que suscitait en elle ce nouveau couple.

Il y avait trois mois que Ségolène avait installé
Germain au volant. A peine l'eut-elle remarqué
qu'elle se repentit d'avoir évoqué cette modeste
ancienneté :

— Justement ça tombe bien, dit-il, je voulais t'en
parler puisque la période d'essai est terminée. J'ai
l'impression que je fais l'affaire, non ? Alors une
petite augmentation serait la bienvenue.

Elle maîtrisa un haut-le-corps. Depuis qu'il avait
inversé les rôles, elle se demandait si elle devait
continuer à lui verser un salaire. N'était-ce pas elle
qui se chargeait de toutes les tâches ? N'avait-elle
pas engagé un chauffeur qui refusait de prendre le
volant ? Et ne l'entretenait-elle pas de surcroît en
lui allouant l'argent de poche nécessaire au finan-
cement de deux vices qu'elle haïssait : le tabac et le
tiercé ?

La demande d'augmentation lui parut répondre
négativement à toutes ses interrogations. Germain
n'avait nullement l'intention de sacrifier un confor-
table statut de salarié à ce qu'il nommait des « petites
cochonneries ». Chauffeur il était, chauffeur il resterait. Et cadre de surcroît, comme elle en avait

accepté le principe en l'engageant sans songer aux incidences ultérieures :

— Si tu me mettais à la porte, j'irais voir les prud'hommes. Ils n'apprécient pas le harcèlement sexuel.

Elle le découvrait un peu plus chaque jour : macho, cruel, paresseux, démoniaque. Infiniment plus intelligent qu'elle ne l'avait cru durant les premières semaines de leur cohabitation. Chez lui, tout était calculé afin que l'addition lui profitât et constituât une soustraction pour la partenaire. Elle apprit à se méfier de ses idées les plus anodines. Il lui avait souvent confié son amour des animaux. Aussi ne s'étonna-t-elle pas de le voir rentrer un soir avec un collier de chien et une laisse. Elle se réjouit même :

— On va adopter un cocker ?

Il eut un gros rire :

— Pas besoin, la bête c'est toi.

Et il lui expliqua que la meilleure façon de prouver combien elle lui était attachée serait d'accepter cette dépendance physique qu'il lui promettait de ne pas prolonger au-delà des heures qu'il passait dehors :

— Tu comprends, ajouta-t-il, comme ça je serai certain que tu ne quittes pas notre niche.

Madeleine remonta avec Germain, un jour où Ségolène attendait patiemment le retour de son maître :

— C'est un petit jeu, expliqua-t-il à la voisine médusée. Nous aimons tant les chiens tous les deux.

Et il caressa l'échine de Ségolène en l'obligeant à croquer un sucre. Puis il la libéra. Elle courut sangloter dans la chambre. Germain n'apprécia pas cette attitude. Dès que Madeleine eut tourné les talons, il la prit par les épaules :

– Je ne suis pas si méchant que tu voudrais le faire croire. La preuve ? Je suis conscient que je t'empêche de dormir en ronflant. A partir de ce soir, tu iras coucher sur le canapé. Tu es bien placée pour savoir qu'il ne manque pas de ressorts.

Il alla se coucher très tôt après le dîner qu'il estima mauvais, emportant dans la chambre la télévision dont il considérait qu'elle n'avait nul besoin. Recroquevillée – sans drap et sans couverture – sur le canapé, elle mit longtemps à s'endormir et, pour la première fois, regretta Louis.

Après quelques jours de répit durant lesquels Germain sembla oublier l'attirail canin, Ségolène prit sa voix la plus douce pour s'étonner qu'il ne la touchât plus. Sa réponse lui fit monter aux joues le rose de la honte :

– Ça ne m'excite pas de coucher avec une radasse qui sent le ménage et la vaisselle. Si Madame a des envies, Madame n'a qu'à embaucher un autre chauffeur qui baise ou un gigolo sachant conduire.

Elle crut cependant à une détente lorsque, soir après soir, en sirotant une eau-de-vie qu'il avait exhumée d'un placard, il entreprit de lui raconter sa vie. Bien qu'elle fût incapable de distinguer le vrai du faux, elle eut l'impression de mieux cerner le personnage qui, après une enfance passée dans une ferme du Berry et une scolarité obérée par les travaux des champs, s'était engagé dans la Légion étrangère :

– J'avais envie d'ordre, de discipline, de grands espaces. J'ai été servi.

Et il narrait à mi-voix, presque pour lui-même, la garde aux confins du désert, la rude camaraderie des camps, les virées une fois par mois qui le laissaient ivre mort devant la porte d'un bordel de campagne, avant de formuler cette conclusion inattendue :

– C'était vraiment la belle vie !

Il taisait en revanche les mobiles qui l'avaient poussé à quitter l'armée après trois années de survie et les difficultés rencontrées pour se réadapter à une existence civile jalonnée de petits boulots jusqu'à ce que, à la faveur d'une annonce il décrochât la place d'ordonnateur des pompes funèbres qui lui avait valu, rappelait-il plaisamment, d'enterrer le mari avant de sauter la veuve :

– Tu te rends compte, Ségo, deux levées de corps dans la même famille à quelques jours d'intervalle !

Elle détestait ce vocatif tronqué. Elle avait eu assez de peine à se prénommer Ségolène pour qu'on amputât ce qu'elle n'était pas loin de considérer comme le plus joli vocable de la langue française. Elle devait, un peu plus tard, regretter « Ségo » lorsque Germain décida de lui donner du « Rossinot » sous prétexte que, jadis, on désignait les servantes par leur patronyme.

Elle se mit à redouter le dimanche, jour où Germain conviait une famille qui, de semaine en semaine, s'élargissait jusqu'à nécessiter qu'elle assurât deux services au déjeuner. Germain avait d'abord invité Jules et Jeanne Muller, anciens fermiers qui devaient à leur actuelle fonction de gardiens d'immeuble une adresse dans un quartier huppé. Avec eux la conversation – à laquelle Ségolène n'était pas autorisée à se mêler : « Ce sont mes parents, pas les tiens » – tournait autour des programmes de télévision de la veille détaillés sans aucun esprit critique par le père tandis que la mère se bornait à répéter le dernier mot de toutes les phrases de son mari. Entrèrent ensuite dans le champ de vision de Ségolène Greta, la fille aînée de Germain, petite brune revêche, et Alfredo, son concubin, un maçon italien qui rejoignait volontiers Ségolène à la cuisine, histoire de donner un coup de main qui visait davantage à estimer les rondeurs de la servante qu'à l'aider dans la préparation des plats. Sous l'outrage manuel, Ségolène s'évertuait à parader :

« Je plais donc encore », minaudait-elle intérieurement en feignant de prendre pour l'hommage d'un connaisseur la lubricité d'un goujat.

Elle fit ensuite la connaissance furtive – ces jours-là elle n'était autorisée à sortir de la cuisine que pour apporter et remporter les plats – des époux Maronneaux, commerçants forains de leur état. Adèle Maronneaux, sœur aînée de Germain, était une forte femme qui régentait tout et appelait Ségolène « ma petite » en lui témoignant plus de condescendance que d'intérêt. Sylvestre Maronneaux couvait Adèle d'un regard admiratif lorsqu'il n'allait pas dans la chambre « piquer un petit roupillon ». Ces six personnes furent rejointes par des cousins, des cousines, des amis d'enfance ou de vagues relations qu'on ne lui présentait même plus, afin de ne pas la distraire des soucis du service. Plusieurs fois, elle crut rêver en poussant la porte de la salle à manger et en découvrant autour de la table ou avachis dans ses chers fauteuils Louis-Philippe cette tribu d'inconnus mal rasés, mal lavés, fagotés, dont elle n'eût pas voulu pour nettoyer les escaliers. Il lui fallait de surcroît cuisiner – c'est-à-dire faire réchauffer des plats surgelés – pour cette meute affamée, dresser puis débarrasser la table en ayant l'air d'ignorer la main fureteuse d'Alfredo sous ses jupes, avant de s'enfermer dans la cuisine où, lorsque tout le monde était repu, elle avait le droit de grignoter les restes. Les jours où Germain avait un peu forcé sur le pastis, il lui ordonnait de venir saluer la famille revêtue de la veste blanche qu'elle lui avait offerte au temps où elle croyait en faire son maître d'hôtel. Quand il était d'humeur guillerette, elle devait fredonner en triturant le bas de son tablier (il tenait beaucoup au jeu de scène) « moi j'essuie les verres, au fond du café » dont le trémolo final le faisait rire aux larmes. Puis il invitait sa parentèle à jeter à l'artiste quelques pièces de monnaie que Ségolène était priée de récupérer sur le tapis. Il ne lui restait plus rien de sa superbe qu'une voiture de luxe dont, certains soirs, Germain lui demandait les clés afin, expliquait-il, de la faire tourner. C'était surtout lui qui tournait dans les rues chaudes, draguant des paumées qu'il ramenait en les présentant comme de vieilles connaissances retrouvées par le plus grand des hasards. Il s'enfermait dans la chambre avec elles afin d'évoquer le bon vieux temps. Ségolène revivait ainsi – mais de l'autre côté de la porte – les brimades identiques infligées à Louis lorsqu'elle avait jeté son dévolu sur des jeunes gens qu'elle introduisait dans un système quasi conjugal. Humiliée, asservie, trompée, elle puisait dans son nouvel état une dilection étrange, à mi-chemin du masochisme profane et de la punition mystique. En offrant chacune de ses hontes en rémission de ses méchancetés passées elle se donnait l'illusion d'une pureté retrouvée et de fautes pardonnées. Elle en arrivait à éprouver pour Germain la gratitude que l'on doit à ceux qui vous conduisent par la main sur le chemin de la rédemption. Il n'était pas son bourreau mais l'instrument d'une volonté divine. Si elle avait connu la théorie des compensations de feu Azaïs, elle en aurait déduit que ses actuels malheurs rétablissaient l'équilibre. Cela changeait sinon la tristesse de sa nouvelle vie, du moins le regard qu'elle portait sur les mauvais traitements qu'on lui faisait subir. Elle se bornait à émettre le vœu qu'il s'agissait de sanctions limitées dans le temps et qu'elle n'avait pas été condamnée à perpétuité. Pour fuir la touffeur de l'été, Germain avait eu l'idée de partir en vacances. Direction Bandol, où il avait ses habitudes. Ségolène, récurée et de nouveau presque élégante, pouvait se croire revenue au temps de sa splendeur, si ce n'est qu'elle était maintenant assise à côté du chauffeur et que ce dernier ne lui témoignait plus aucun respect.

L'hôtel des Mouettes, que Germain connaissait pour y avoir souvent séjourné – sans qu'il précisât si c'était en qualité de client ou d'extra –, n'avait rien d'un palace mais il était propre et situé sur le

front de mer. L'accueil de Mme Cornillon, l'hôte-
lière, surprit Ségolène. Elle se jeta au cou de Germain puis, apercevant sa compagne, susurra une
remarque qui témoignait de plus d'esprit d'observation que de sens de l'éducation :
– Tiens, encore une nouvelle !
La moue qui accompagnait le constat sous-enten-
dait que, dans le passé, Germain s'était montré plus
exigeant sur le chapitre de la jeunesse ou de la
beauté. Ségolène, qui avait décidé de profiter plei-
nement de l'entracte estival, se vexa d'autant moins
que Germain se comportait en compagnon atten-
tionné. Elle ne l'avait jamais vu ainsi, la consultant
sur toute chose, lui faisant l'amour et l'acceptant
toute la nuit dans un lit qui, il est vrai, ne possédait pas d'autre annexe qu'une étroite moquette
élimée. Ségolène ne pouvait s'empêcher de compa-
rer ces congés de Monsieur-Tout-le-Monde aux
vacances de comtesse italienne qu'elle s'était offertes
à Monte-Carlo tandis que Louis agonisait. Le casino
de Bandol, fief des chauffeurs de taxi locaux et des
nervis marseillais, ne rappelait que de très loin les
fastes du Sporting. À l'hôtel des Mouettes la chère
était frugale, le service simplifié et les autres pensionnaires traînaient mollement leurs espadrilles de
leur chambre à une plage conçue sur le modèle des
fameuses auberges espagnoles, c'est-à-dire où l'on
ne trouvait que les pliants, chaises longues, boissons
et serviettes que l'on avait soi-même apportés. Germain faisait du sport comme d'autres font de l'épate,
plus tendu vers les regards d'éventuelles admira-
trices que vers le ballon de volley-ball qui servait de

prétexte à des détentes spectaculaires mais désordonnées. Le hâle lui avait ôté cette pâleur endémique qui le rapprochait des familles éplorées dans les cimetières. Il avait également perdu la gravité affectée qui, lorsqu'il n'ouvrait pas la bouche, lui tenait lieu de distinction. Ségolène se prenait à oublier le passé et à espérer en l'avenir. Après tout, Germain n'était pas le mauvais cheval. Dans un premier temps, il s'était sans doute vengé sur elle des déceptions que la vie lui avait infligées. Si leurs relations continuaient à être agréables, elle en profiterait pour assainir la situation. Le principe d'avoir à rétribuer un compagnon continuait à la choquer. Le mieux serait que Germain renonçât à cet emploi de chauffeur qui ne correspondait plus à rien et cherchât du travail à l'extérieur. Non seulement le budget de Ségolène s'en trouverait allégé mais encore s'ensuivrait un apport d'argent frais non négligeable en période de basses eaux. Pour donner le branle à la réorganisation, elle était prête à vendre la Bentley. Elle lui en avait touché un mot, usant d'une formule qui lui était passée très au-dessus de la tête :

— L'essentiel, vois-tu, n'est pas d'avoir une belle voiture. C'est d'en avoir eu une. Et puis, c'est économique car les souvenirs, eux, ne paient pas de vignette.

Il avait éludé avec son gros bon sens sarcastique :

— Madame veut rentrer à Lyon en chemin de fer ?

Il exagérait. Madame souhaitait seulement mettre le véhicule en vente dès son retour et récupérer sa mise. Madame était guérie de sa folie des grandeurs.

Madame n'aspirait plus qu'au bonheur à deux sans se dissimuler pour autant qu'une dizaine de liaisons ne lui avaient rien appris de fondamental sur le fonctionnement de la vie de couple.

Le jour de leur départ, les Cornillon offrirent le champagne. Un quart d'heure plus tôt, Ségolène avait réglé par chèque la facture qui lui parut raisonnable, eu égard à ce que lui avait coûté sa virée à Monte-Carlo. On chargea les bagages, puis Germain lui tendit les clés :

— Tiens, conduis !

Et comme elle protestait de son incompétence au volant, il voulut bien commenter :

— J'ai droit syndicalement à un mois de vacances. Nous ne sommes restés à Bandol que quinze jours. Je m'en vais jouer les prolongations en prenant ta place pendant que tu occuperas la mienne.

Et il s'allongea confortablement sur la banquette arrière. Ségolène se sentait paniquée. Elle roulait à faible allure, aussi attentive à la signalisation routière qu'aux autres véhicules, qu'au tableau de bord et qu'au rétroviseur dans lequel elle apercevait la crinière dorée de Germain. De temps à autre, il sursautait :

— Attention !... Tu veux nous tuer ? Tu es vraiment une nulle.

Elle comprit que la trêve avait été de courte durée et que l'avenir restait imprévisible. Ils mirent près de dix heures pour parcourir les quatre cent cinquante kilomètres séparant l'hôtel des Mouettes des Brotteaux. Vingt fois, Ségolène faillit perdre le contrôle de la Bentley. Vingt fois, elle se dit qu'elle devait se séparer de cette voiture qui lui donnait plus de soucis que d'agrément. Après une courte sieste, Germain, agrippé à son dossier, multipliait les conseils, prenant plaisir à l'affoler :

— Accélère, freine, mets ton clignotant, prépare ta monnaie pour le péage... Tu vois que ce n'est pas un métier si facile que d'être chauffeur. Tu vois que je mérite une petite augmentation.

Elle se garda de lui rappeler ses projets et ne répondit pas. Lorsqu'ils arrivèrent devant l'immeuble, il lui dit avec une douceur qu'elle jugea suspecte :

— Si tu voulais me faire un petit plaisir, tu descendrais et tu m'ouvrirais la porte...

Et comme elle paraissait tout interloquée :

— C'est ça, l'égalité des sexes.

Elle acquiesça en espérant que les voisins ne seraient pas aux fenêtres. Il émergea en prenant son temps, savourant le retournement de situation, et entra majestueusement dans le hall de l'immeuble tandis qu'elle déchargeait puis transbahutait les bagages. Les vacances étaient vraiment terminées.

Chapitre II

En vingt-quatre heures, Germain reprit toutes ses mauvaises habitudes auxquelles il ajouta quelques autres. Il recommença à draguer et à ramener dans l'appartement des filles que Ségolène n'eût pas recrutées pour faire son ménage. Mais il les gardait maintenant toute la nuit et, au matin, lorsqu'il les congédiait, il leur offrait une robe puisée dans les placards de Ségolène :

— Tu comprends, Ségo, la petite n'a rien à se mettre sur le dos... Alors, autant que lui profite un vêtement qui ne te sert plus puisque tu n'as pas le droit de sortir.

Ce disant, il ne formulait aucune interdiction. Il se bornait à évoquer un état de fait, admis, nécessaire, inévitable et qui voulait que ses promenades se limitassent à la descente des déchets ménagers.

— De toute façon, avec le ménage et la cuisine tu

n'as pas le temps de t'ennuyer. Et puis, grâce à moi, tu vois du monde.

C'était vrai. Entre la famille qui venait désormais bâfrer deux fois par semaine et les amies de Germain, ils étaient de moins en moins seuls. Ségolène n'avait pas renoncé à vendre la voiture mais elle attendait un moment propice pour en reparler et pour agir. Germain, qui s'était pris de passion pour le tiercé, fouillait sans vergogne dans son sac avant d'« aller à l'usine », c'est-à-dire chez le buraliste voisin, sur le zinc duquel il arrosait ses grilles, ses rares gains et la bonne fortune des autres joueurs. A la maison cependant, sa rhétorique était devenue plus papelarde, plus hypocrite. Il ne faisait jamais connaître à Ségolène son intention de lui imposer une brimade supplémentaire sans préciser aussitôt :

– C'est pour ton bien !

Pour son bien, la défense absolue d'aller plus loin que le bas de l'escalier :

– En ville, il n'y a que délinquance et pollution. L'appartement te protège.

Pour son bien, l'obligation d'assumer les tâches les moins ragoûtantes :

– Certes, je pourrais m'en charger mais ce serait une mauvaise action car tu as besoin de te dépenser physiquement.

Pour son bien encore l'exclusion du lit conjugal :

– Le matelas est trop mou. C'est mauvais pour les vertèbres. Je me dévoue.

Pour son bien toujours l'interdiction de voir des amis ou des personnes de connaissance :

– Quand tu m'as rencontré, tu n'étais entourée

que de gens qui s'intéressaient à ton argent. Je suis heureux de t'avoir débarrassée de ces parasites.

Pour son bien aussi la prohibition des journaux :
– Ils ne publient que des mauvaises nouvelles qui troubleraient ton sommeil.

Germain n'avait pas fini de la surprendre. Ses raffinements de méchanceté lui faisaient perdre peu à peu son côté balourd et – avait-elle cru longtemps à tort – simplet. Il ne disait plus les choses comme elles lui venaient à l'esprit. Il les enrobait de paroles aimables et de pieuses intentions, aussitôt démenties par les faits. La perversité lui donnait de l'imagination, du vocabulaire, de l'intelligence. Au point que Ségolène ne savait plus à quoi s'en tenir et se gardait, par peur de lui intenter un faux procès, de protester contre les traitements dont elle était victime. Elle était autorisée à regarder la télévision, mais sous certaines réserves. Germain exigeait que les tâches ménagères fussent terminées, qu'elle s'intéressât aux mêmes programmes que lui et que le temps consacré quotidiennement au petit écran n'excédât pas deux heures. A ce dernier effet il avait acheté un gros réveil qui annonçait par une sonnerie tonitruante que la ration autorisée allait être dépassée. Lorsque le rappel à l'ordre se produisait au milieu d'un film, il prenait un air navré :
– Désolé, Ségo, c'est le règlement. Où irait-on si on ne le respectait plus ?

Elle courait s'enfermer dans la cuisine, sachant que la chambre lui était interdite, même lorsque Germain se trouvait au salon, et que c'était, une fois de plus, pour son bien :

139

– J'ai peur que les parfums laissés par toutes ces femmes te donnent la migraine.

Ségolène oubliait la jalousie que lui inspiraient les intrusions vespérales pour se féliciter du soin qu'il prenait de sa santé. À l'issue d'une émission sur la SPA, il résolut de lui remettre son collier et sa laisse :

– C'est par affection, pour que tu te souviennes que tu es ma chienne et que je suis ton maître.

Elle devait lui demander de la détacher pour aller faire sa toilette, mais en ne faisant connaître son intention que par gestes :

– Les chiennes ne parlent pas. Si tu l'oubliais, je serais obligé de t'offrir une muselière. En revanche, tu as le droit lorsque je rentre à la maison d'aboyer pour montrer que tu es contente de me revoir.

Les aboiements de la pauvre Ségolène lui paraissant ridicules, il lui donna quelques cours, l'entraînant à moduler les sons en fonction des sentiments qu'elle ambitionnait d'exprimer. Comme, sous prétexte d'épargner ses jolis genoux, elle refusait de se déplacer sur quatre pattes, il choisit de se montrer bon prince :

– Ça viendra tout seul. Quand tu auras oublié que tu as été une femme.

Le soir, elle l'attendait près de la porte, jappant à fendre l'âme dès que son pas ébranlait le palier. Lorsqu'il était accompagné, Germain se tournait vers sa conquête :

– Faut pas lui en vouloir. Elle est devenue folle après la mort de son cocker.

Et, s'il avait un peu bu, il lui décochait un coup de pied en hurlant :

– Ségo, à la niche !

Quand il était de bonne humeur, il lui flattait la croupe, lui parlait doucement à l'aide de petits mots dont il veillait à répéter la syllabe finale et lui offrait une friandise sur laquelle elle était priée de se précipiter goulûment. Elle aurait pu tirer réconfort, sinon vanité, d'être assimilée à l'animal familier de la maison, répertorier les qualités canines et estimer qu'on attendait plus d'amour d'une chienne que d'une femme, mais elle avait toujours eu horreur des animaux, fussent-ils dits de compagnie. Chaque matin – c'était devenu un rite –, il cassait une tasse à café d'un service de cent pièces que Ségolène avait acheté chez un brocanteur spécialisé dans le faux chinois :

– Tu n'as qu'à compter les tasses et tu sais tout de suite depuis combien de temps nos rapports sont devenus normaux.

Il avait enfin admis qu'il valait mieux vendre la Bentley qui dépérissait au bord du trottoir. Il avait simplement posé comme condition qu'« il s'occuperait de tout » :

– C'est pour ton bien. Tu ne connais rien à ces questions-là. Non, ne me remercie pas. Je fais mon boulot d'homme.

Et il le fit complètement, publiant une petite annonce, recevant les clients potentiels, assurant la visite guidée du véhicule. Quand il eut trouvé le client – en réalité un copain garagiste –, elle n'eut qu'à signer les formulaires, la carte grise étant à son nom :

– Pardon de t'infliger ce surcroît de travail. Mais ne t'inquiète pas pour l'argent. Je le place en lieu sûr. C'est pour ton bien.

Et il lui donna un sucre.

Ségolène profitait de ses absences pour tenter de réagir. La méthode était simple qui consistait à se détacher du radiateur, à mettre l'une de ses dernières robes et à se maquiller. Sollicité, le miroir la rassurait : elle était toujours belle, jeune, distinguée, désirable. Mais prisonnière. Dès que cette dernière pensée l'effleurait de nouveau, elle s'empressait de gommer les stigmates d'une féminité très momentanée, appréhendant la colère qu'il avait manifestée un soir où, revenu plus tôt que d'habitude, il l'avait trouvée pomponnée comme si elle allait au bal :

– Qu'est-ce que c'est ce carnaval ? Tu n'as plus l'âge de tout ça. Tu es ridicule. Heureusement que personne ne t'a vue dans cet état !...

Et il s'empressa d'offrir ses ultimes vêtements à ses « pétasses », comme il les appelait, manifestant ainsi quelque lucidité dans ses turpitudes. Comme Ségolène n'était plus vêtue que d'une vieille combinaison et chaussée de savates, il jugea opportun de varier la rapide présentation qu'il faisait d'elle à l'usage des intruses, toujours étonnées et vaguement inquiètes :

– C'est une pauvresse que j'ai recueillie. Elle n'avait plus rien à se mettre. Je la nourris en échange d'un peu de ménage. Mais elle est si sale, si bête que parfois je me dis que je suis trop bon.

Un soir qu'il était rentré avec Madeleine et qu'elle les avait salués – mais sans voir d'abord son ex-amie – d'un sonore aboiement, il avait remarqué entre haut et bas, assez fort pour qu'elle l'entendît :

– Ségo m'inquiète. J'ai peur qu'un jour elle ne devienne folle.

Folle, elle ne l'était pas. Pas encore. Pour réagir, elle s'imaginait en train de répondre avec humour à une amie d'enfance curieuse de savoir ce qu'elle était devenue : « Je suis chienne de garde chez mon ancien chauffeur. » Mais elle perdait peu à peu, outre son libre arbitre et son sens critique, la notion du temps et surtout la conscience qu'il existait à quelques mètres de son appartement-prison d'autres façons – plus agréables – de vivre. La révolte ne lui paraissait pas la bonne solution. Elle plaçait tout son espoir dans la lassitude qui ne manquerait pas de gagner Germain un jour sans s'aviser que, si ce jeu cruel ne l'amusait plus, il en inventerait un autre, plus cruel encore. Elle espérait aussi un événement imprévu, la visite d'une ancienne relation qui, découvrant son état, alerterait le syndic de l'immeuble, l'intervention des voisins et l'arrivée de la police, encore qu'elle redoutât davantage l'esclandre qui s'ensuivrait que la libération dont le retour à la normale lui eût permis de bénéficier. Elle aurait bien voulu bavarder avec Madeleine mais cette dernière semblait, elle aussi, sous l'emprise de Germain et elle refusait toute parlotte, même lorsqu'il s'absentait. Ségolène en était réduite à soliloquer tandis qu'elle feignait de lire les journaux :

– Chacun connaît ici-bas son purgatoire, je paye pour le mal que j'ai pu faire. Mais tout a une fin.

Madeleine se contentait d'opiner, mal à l'aise. Et puis Germain réapparaissait, maître absolu des lieux et des êtres, subjuguant ces deux femmes à l'aide de méthodes très différentes. Intransigeant avec Ségolène, il manifestait à l'égard de Madeleine une douceur insoupçonnée. Moins par gentillesse foncière, on s'en doute, que par volonté de rendre, par comparaison, sa situation plus insupportable à Ségolène.

Il avait supprimé la ligne de téléphone :

– C'est pour ton bien et afin que ce notaire et ce banquier qui te pourchassent ne te ruinent plus le moral. Soyons heureux, que diable !

Et il plaçait dans la chaîne hi-fi – l'un des derniers cadeaux de Louis – un disque d'accordéon dont il raffolait. En poussant le son à fond :

– Garder pour moi cette belle musique serait de l'égoïsme. Je veux que tout le monde en profite.

Les voisins n'étaient pas tous sensibles à l'altruisme de la démarche. Et ce concert improvisé leur rappelait que, depuis plusieurs semaines, personne n'avait plus aperçu la dame à la Bentley, désormais aussi invisible que sa voiture. Tout ce qu'on savait c'est que « l'ami de la dame jouait des fortunes au tiercé » et qu'un huissier, dépêché pour faire honorer les traites du véhicule le plus luxueux du quartier, avait trouvé porte close. Puni par où il péchait, Germain se fit une légère entorse en ratant le trottoir devant le café où il avait dû célébrer trop fastueusement un gain qui ne représentait que ses mises du mois. Madeleine se proposa pour pratiquer les indispensables massages de la cheville lésée. Le premier eut lieu dans la chambre où elle n'avait jamais eu accès. Elle en ressortit suante et ébouriffée. Et comme elle lisait dans le regard de Ségolène un certain étonnement de la voir en combinaison, elle crut bon d'expliquer :

— Germain voulait un massage vraiment sportif. Ma robe m'aurait gênée.

L'entorse avait dû empirer car, ce soir-là, Madeleine ne regagna pas son logis, préférant, pour surveiller le malade, passer la nuit sur place. C'est-à-dire dans le lit qu'il ne pouvait quitter. Ségolène qui ne put fermer l'œil aperçut plusieurs fois Madeleine partir en quête d'eau fraîche au robinet de la cuisine :

— Je n'ai pas l'habitude. C'est fou ce que ça peut donner soif...

Chapitre III

L'installation à demeure de Madeleine dans son appartement, dans son ancienne chambre et dans des placards, heureusement débarrassés par la générosité de Germain, fut un choc pour Ségolène. Jusque-là elle avait espéré des jours meilleurs, un revirement de Germain fondé sur la lassitude et sur la raison. Elle comprenait maintenant qu'elle avait perdu la partie et qu'il n'y aurait pas de nouvelle donne, au moins à son profit. On la tolérait parce qu'elle apportait un refuge, des économies, une aide ménagère et la possibilité d'avoir sous la main, les jours où la télévision ne retransmettait pas de match intéressant, un souffre-douleur toujours disponible. Avantages contradictoires à propos desquels Germain tenait à lui manifester son contentement :

— C'est si rare, de nos jours, une domestique qui loge et qui entretient ses patrons....

Il avait raison d'employer ce dernier mot au pluriel car Madeleine régentait tout, affirmant une autorité que Ségolène n'avait jamais soupçonnée lorsque les deux femmes étaient sur un pied d'égalité. Désormais, Madeleine donnait des ordres et Ségolène les exécutait :

– Appelle-moi Madame, avait-elle intimé. Cela te permettra d'obéir plus facilement.

Anesthésiée par la cascade de chambardements dont elle était victime depuis quelques mois, Ségolène ne moufetait pas. Elle servait ses maîtres de son mieux et jusqu'à la limite de ses forces depuis qu'elle avait remarqué que la fatigue physique la dispensait de s'appesantir sur ses malheurs. Peu à peu, elle s'était familiarisée avec les préparations culinaires. Germain, plus doux depuis qu'il avait délégué la direction du ménage à Madeleine, louait son gratin d'aubergines. Pour l'encourager, il lui offrit un livre de recettes qui ne fit pas plus plaisir à Ségolène que les compliments et les attentions qui tendaient à officialiser son statut d'esclave.

Chaque matin, Madeleine la convoquait au salon. Assise sur le canapé, elle expliquait à Ségolène – restée debout – le travail qu'elle devrait avoir abattu avant que, le soir venu, le dîner servi et la table débarrassée, Germain la renvoyât à la cuisine tandis qu'en compagnie de Madeleine il occuperait le salon :

– C'est pour ton bien. D'abord, parce que tu as droit à un moment de repos, ensuite parce que je suppose que la vue de notre couple pourrait te peiner.

Ségolène n'en était plus là. Mais elle notait l'expression « notre couple » comme si elle avait reçu un faire-part de mariage. C'est en constatant – durant ses méditations forcées à la cuisine – que la nouvelle organisation risquait de perdurer jusqu'à ce qu'elle n'ait plus un franc à la banque que Ségolène commença à envisager de se révolter. L'entreprise n'était pas facile. Non seulement le téléphone était coupé mais encore il n'entrait plus, en dehors du « couple », âme qui vive dans l'appartement. Madeleine recevait la concierge, le facteur et les livreurs sur le palier. Germain avait fait du bistrot l'épicentre de sa vie sociale. On n'avait pas réparé l'évier qui fuyait, de peur du regard indiscret qu'un ouvrier n'eût pas manqué de jeter sur cet étrange ménage à trois. Il n'était pas davantage possible à Ségolène de lancer un SOS par écrit puisqu'elle aurait dû demander à ses bourreaux de mettre la missive à la poste. Par élimination, elle en était arrivée à imaginer le recours à une bouteille qu'elle aurait lancée à la mer, naufragée du concubinage, embarquée malgré elle sur le radeau de *La Méduse,* enfermée comme une galérienne à sa chiourme, contrainte de ramer quatorze heures par jour. Hélas ! l'océan était loin. Elle pouvait jeter une bouteille dans la rue ou dans la cour de l'immeuble mais en courant le risque de tomber sur des indifférents ou – pire – sur des voisins intéressés par ses malheurs et qui s'en seraient délectés sans intervenir pour autant. La meilleure hypothèse impliquait le sursaut d'une société qui s'était toujours désintéressée de son sort. Pourquoi le salut ne viendrait-il pas d'un représentant de l'ordre, par définition en uniforme pour qu'elle pût l'identifier, vers lequel elle précipiterait son message, qui, l'ayant lu, lèverait la tête, l'apercevrait, devinerait son drame, grimperait quatre à quatre l'escalier, enfoncerait la porte et la libérerait avant de l'emmener, pantelante, jusqu'au commissariat ? Elle se surprit à imaginer les sirènes des voitures de police secours cernant l'immeuble quelques instants plus tard. Elle se délecta du spectacle de Germain et de Madeleine franchissant le porche, menottes aux mains, sous les huées du quartier. Ses rêves prenaient fin aussi vite qu'elle les avait provoqués. Pour toutes sortes d'impossibilités techniques : elle ne possédait ni papier ni crayon pour signaler sa détresse ; quelques bouteilles, rincées, pourraient contenir le SOS mais leur explosion, dès qu'elles toucheraient le sol, rendrait illisible son message. Restaient les signaux à l'aide desquels Ségolène aurait pu espérer capter l'attention des voisins. Elle n'y était pas encore résignée, appréhendant moins l'inconfort de sa situation que le ridicule de la dénoncer publiquement. Pour tous ceux qui ignoraient ses difficultés, qui s'en fussent réjouis ou qui se fussent montrés indifférents, elle devait être encore la dame à la Bentley, personne altière, richissime, un tantinet méprisante et que, si elle avait confessé à une fenêtre ses malheurs, on eût suspectée d'être prise de boisson. A d'autres moments elle estimait que, même si elle parvenait à alerter l'opinion publique, elle ne sortirait de l'appartement que pour être internée dans un asile car elle n'était plus présentable et donnait des signes d'aliénation qui accréditeraient les accusations que Germain et Madeleine soutiendraient pour leur défense. Le cartésianisme primaire qui, depuis l'âge de raison, motivait toutes ses décisions importantes, reprit ses droits. Puisqu'il n'existait pas de solution immédiate, il importait de temporiser. Or, comment gagner du temps et se donner le loisir de la réflexion, sinon en feignant d'entrer dans le jeu de l'adversaire ? Et puisque ce jeu avait nom travaux forcés assortis de privation de liberté, quel meilleur gage de soumission offrir à ses geôliers que de leur manifester un énorme zèle ?

Quand Germain et Madeleine émergeaient de leur chambre vers midi et qu'ils constataient qu'il n'y avait pas un grain de poussière dans l'appartement, que le linge avait été lavé, séché, repassé et que le déjeuner était prêt à émigrer de la cuisine jusqu'à la table joliment dressée, ils échangeaient un regard complice dont la signification leur paraissait sans ambiguïté à tous trois : elle était vraiment devenue folle. Résultat d'efforts constants et prolongés qui ravissait Germain et Madeleine parce qu'il consacrait leur pouvoir, mais qui les inquiétait car il augmentait leur responsabilité, à telle enseigne que, sans redouter d'avoir à rendre un jour des comptes, ils s'interrogaient parfois sur la façon dont ils s'y prendraient pour larguer Ségolène lorsqu'ils la jugeraient dangereuse ou quand ils décideraient de vivre ailleurs, ce qu'ils n'envisageaient plus de faire qu'ensemble.

Le zèle de Ségolène se manifestait sous les formes les plus inattendues : tantôt elle inventait un plat – souvent immangeable – avec les ingrédients rapportés par Madeleine, tantôt elle décorait entièrement la maison avec des fleurs de papier découpées dans de vieux magazines, tantôt elle chantait en astiquant furieusement le parquet. Des cœurs plus sensibles que ceux de Germain et de Madeleine se seraient émus de cette disponibilité permanente, de l'enthousiasme qu'elle apportait à assumer les tâches les plus banales et les moins ragoûtantes. Ils s'en montraient seulement interloqués, à la fois parce que leur mauvais naturel considérait comme suspecte toute générosité, parce qu'ils craignaient qu'elle finît par passer de la schizophrénie résignée à la folie furieuse qui lui ferait casser demain tout ce qu'elle époussetait aujourd'hui et surtout parce que cette disponibilité et ce sens de l'initiative qui décourageaient la critique les privaient du plaisir de formuler des injures et d'imaginer des brimades. Ils étaient trop profondément cruels pour se satisfaire du comportement d'une victime consentante. Par sadisme, ils auraient suspendu immédiatement leurs mauvais traitements s'ils s'étaient avisés que Ségolène était masochiste. Mais ils ne savaient plus que penser. Pour s'ôter d'un doute, Madeleine entreprit de confesser Ségolène, renouant ainsi avec leurs anciennes conversations. Elle lui fit d'abord parler de Louis. La disparition du « mal blanc » l'avait sublimée. Enfin consciente – par comparaison – de son bonheur passé, Ségolène portait aux nues celui auquel elle exprimait – mais trop tard – sa gratitude d'avoir fait d'elle une vraie femme. C'était un homme cultivé, généreux, ouvert, honnête, bref, un exemple pour les jeunes et un soutien pour les faibles. De Louis, Ségolène passa à Germain auquel elle rendait grâce de l'avoir sauvée de la solitude qui l'avait étreinte au lendemain de l'enterrement. Enfin, elle eut cette envolée qui laissa Madeleine pantoise :

– Que serais-je devenue sans vous deux ?

Le soir, dans la chambre, Madeleine résuma les propos de Ségo avant de formuler un jugement sans appel :

– Ou elle est folle ou elle est très intelligente. Peut-être les deux.

De toute façon, des mesures s'imposaient pour la reprendre en main. Germain suggéra – sans être contredit – que le moment était venu de passer des brimades aux sévices. Une heure plus tard, prenant prétexte des traces de poussière sur le buffet de la salle à manger, il la gifla à toute volée :

– Parce que nous sommes trop gentils, trop indulgents avec toi, tu en profites lâchement pour saboter le ménage. C'est moche d'avoir aussi peu de reconnaissance pour le soin que nous prenons de toi.

Et il lui envoya une bourrade qui la fit tomber sur le canapé avant de l'injurier de nouveau :

– Qui t'a permis de t'asseoir alors que ton travail n'est pas fait ? Tu n'es qu'une sale paresseuse.

– Et une paresseuse sale, renchérit Madeleine qui était restée silencieuse jusque-là. L'appartement est si mal entretenu que nous n'osons plus inviter personne.

Ségolène voulut protester de ses bonnes intentions. Germain la coupa :

– Tu n'as pas la parole. Trime, on verra après !

Et il l'envoya faire, pour la troisième fois de la

journée, le lit sur lequel ils venaient de s'offrir une séance amoureuse. Ségolène filait doux, angoissée par une possible répétition des coups qu'elle avait reçus pour la première fois de sa vie. Elle songea — c'était rare — à Victor et à Marie-Ange, ses enfants qu'elle avait souvent molestés. Que devenaient-ils ? Elle n'avait plus eu de leurs nouvelles depuis au moins un an. Elle se repentit d'avoir coupé les ponts parce qu'elle n'osait pas, en les invitant chez elle, avoir à leur présenter Louis, ruine ambulante mais à l'époque indispensable. Elle se promit de renouer dès qu'elle serait dehors. L'idée de fuir la hantait de nouveau. Décidée à mettre à profit la moindre inattention, elle guettait l'instant où l'on oublierait de fermer la porte à clé lorsqu'on la laissait seule, mais aussi durant la journée, quand Germain et Madeleine s'isolaient dans la chambre ou la nuit quand ils dormaient et que, pelotonnée sur le canapé, elle passait en revue les façons de s'en sortir. Sa vigilance fut un soir récompensée : la porte s'ouvrit à la première sollicitation. Elle n'hésita que quelques secondes et commença à dévaler les marches, pieds nus et en chemise. Germain la rattrapa entre le premier étage et le rez-de-chaussée et la ramena au bercail en la tirant par les cheveux :

— Alors, tu essaies de nous fausser compagnie ? Tu te balades dehors toute nue ? Tu n'es pas heureuse avec nous ?

Une gifle ponctuait chacune des questions aux-quelles elle se gardait d'apporter une réponse. Elle fut privée de dîner et, lorsqu'ils allèrent se coucher, de nouveau équipée du collier et de la laisse que

La grinchieuse

Germain attacha au radiateur avec un cadenas, ce qui l'éloignait du canapé et la condamnait à dormir sur un faux tapis d'Orient offert par Louis et dont elle regrettait amèrement, aujourd'hui, qu'il ne fût pas de meilleure qualité et plus épais. Madeleine, qui la regardait de plus en plus méchamment, voulut perfectionner le dispositif canin :

— Et si on lui donnait des boîtes pour chiens ? suggéra-t-elle.

Germain balaya la proposition :

— Trop cher. Elle se contentera de nos restes.

Le dimanche, toute la famille de Germain jouait le jeu. Le père offrait un os en plastique à Ségolène. Le beau-frère, la rejoignant dans la cuisine, multipliait les caresses indiscrètes, alléguant qu'il voulait la débarrasser de ses puces. Ségolène ne savait plus où elle en était. Tantôt elle avait envie de mourir, là, tout de suite, sur le tapis du salon, pour les embêter, pour que la police intervienne et pour que la justice les sanctionne, tantôt elle ambitionnait de tuer Germain, Madeleine et tous ceux qui, par bêtise, devenaient leurs complices une fois par semaine. Pour faire connaître sa révolte, elle se contenta de poser une photo de Louis sur le guéridon qui lui servait de table de nuit à côté du canapé. Le culte rendu tardivement au disparu n'était pas innocent. Quand Ségolène pensait à Louis, elle regrettait moins l'homme qui avait vécu avec elle que la femme qu'elle avait été à ses côtés. Elle se remémorait sa toute-puissance, ses petites et grandes cruautés. Dans le sillage de cette évocation, elle décida de récupérer son sens critique. Germain et Madeleine en feraient

155

les frais. Mais en leur absence. C'était un premier pas. A peine étaient-ils sur le palier que Ségolène vidait son sac :

— Germain, tu es un raté, un minable, un lourdingue. Tu n'as jamais eu que la clientèle des morts puisque les vivants ne veulent pas de toi ! Je te hais et je te méprise.

Après quoi, de la même façon, elle réglait son compte à Madeleine :

— Tu es une salope, une traînée, une ordure. Tu m'as trahie et trompée. Tu seras punie par là et par celui avec lequel tu as péché.

Elle prenait un peu de recul afin de mieux les pourfendre tous les deux :

— Ah ! vous formez un joli couple. Qui se ressemble s'assemble. Allez au diable, je vous hais !

Et elle claquait la porte de la cuisine comme elle eût aimé gifler son ex-amant et son ancienne amie avant de s'atteler à la préparation de petits plats auxquels elle devait résister à la tentation d'ajouter des ingrédients non comestibles.

Ces séances, répétées quotidiennement, l'excitaient et la calmaient à la fois car elles lui donnaient l'illusion de la vengeance en même temps que la liberté de ton qui ne pouvait préluder qu'à une liberté de mouvement. De jour en jour, le ton montait et les attaques se faisaient plus acerbes :

— Germain, tu as la classe d'un valet de ferme et toi, Madeleine, la gueule d'une bonniche. Soyez heureux, mes enfants !

Elle reprenait son souffle avant de sacrifier au genre mielleux :

– Je vous souhaite tout le bonheur que vous méritez. C'est-à-dire aucun. Vous avez fait de moi une chienne. Eh bien, un jour la chienne vous mordra jusqu'au sang !

Elle ne s'interrompait que lorsque elle entendait le bruit de la clé dans la serrure, s'efforçant de reprendre une contenance modeste et résignée mais comprenant à leurs regards curieux que, dans les minutes suivant ses invectives, sa rougeur et sa fébrilité la trahissaient.

Quand elle ne donnait pas libre cours à sa fureur verbale, Ségolène se posait deux questions auxquelles elle était incapable de répondre : « Qu'est-ce qu'ils attendent de moi ? » Et « Combien de temps cette vie idiote peut-elle encore durer ? » Puis elle faisait comparaître Germain et Madeleine devant un tribunal imaginaire qu'elle présidait :

– Muller Germain et Corcellet Madeleine, vous vous êtes rendus coupables de tortures et de séquestration sur la personne de dame Ségolène.

Comme chaque fois qu'elle le pouvait, elle oubliait Georgette Rossinot et utilisait son prénom de guerre. Elle cessait de tenir le rôle du président pour se glisser dans la robe de l'avocat des prévenus :

– Monsieur le Président, celle qui prétend être une femme torturée est en réalité une chienne abandonnée que mes clients avaient recueillie et qu'ils ont nourrie et hébergée durant de longs mois, en lui prodiguant caresses et friandises... Le collier et la laisse qu'elle nous reproche de lui avoir fait porter n'intervenaient que pour signifier que cet animal perdu avait été trouvé par de braves gens qui entendaient lui offrir un nouveau foyer.

Le jugement fut rendu sur le siège, c'est-à-dire le canapé, où se jucha Ségolène :

— Muller Germain et Corcellet Madeleine, la cour vous condamne à vingt ans de prison et au remboursement de l'argent volé à dame Ségolène. La décision sera affichée au bas de tous les immeubles du quartier des Brotteaux.

Des applaudissements saluèrent le verdict. Ségolène les identifia comme émanant des voisins qui, profitant des fenêtres largement ouvertes et du supplément de taille qu'elle s'était octroyé, avaient suivi de bout en bout le procès. Elle mit quelques secondes à comprendre qu'elle venait de rétablir le contact avec le monde extérieur et qu'elle pouvait en profiter pour informer de son drame les gens de cœur. Trop tard ! Toutes les fenêtres étaient déjà refermées.

Chapitre IV

Dès que la sonnette avait retenti, Germain s'était précipité vers la porte, repoussant Ségolène dans la cuisine et tentant vainement de dissuader le visiteur d'entrer :

— Je suis le Dr Perrot. Je viens voir Mme Rossinot, ma cliente.

Germain essaya de désamorcer la menace :

— Vous tombez mal car je crois qu'elle est sortie pour faire les courses.

Le praticien crut bon d'insister :

— Cela m'étonnerait beaucoup car personne ne l'a aperçue en ville depuis plusieurs semaines.

Madeleine, plus fine mouche, crut utile d'intervenir :

— Tu te trompes, Germain, Ségolène est dans la cuisine.

Et elle ouvrit la porte :

— Ségolène ! Viens donc saluer le Dr Perrot.

Ségolène apparut, ceinturée du tablier ancien-

nement blanc qui lui servait de protection lorsqu'elle s'affairait auprès des fourneaux.

— Bonjour, docteur... C'est gentil d'être venu.

Et après avoir hésité, elle ajouta en essayant de
faire passer toute sa détresse dans cette simple
phrase :

— Je me demandais si vous viendriez un jour.

Perrot entrouvrit sa sacoche et extirpa les acces-
soires d'une auscultation de routine.

— Peut-on aller dans la chambre ?

Germain, qui voulait garder le contrôle de la
consultation, objecta :

— Le ménage n'est pas encore fait.

Madeleine renchérit :

— Restez au salon. De toute façon, Ségolène n'a
rien de caché pour ses cousins !

Fusillée du regard, Ségolène comprit qu'elle devait
leur apporter son appui :

— Mes cousins Muller passent quelque temps ici.
Ils m'ont beaucoup soutenue après la mort de Louis.

Perrot qui poursuivait son examen fronça les
sourcils :

— La tension est anormalement basse, les réflexes
très lents, la langue chargée. J'ai bien peur qu'elle
ne nous fasse de l'anémie.

Madeleine s'exclama :

— Anémique, elle ? Mais jamais elle n'a été aussi
en forme, aussi active !

Le médecin s'adressa à Ségolène, toujours ceinte
de son tablier :

— Tiens, vous faites la cuisine maintenant ?

— On revient toujours à ses premières amours,

expliqua Germain. Ségolène tenait à nous montrer ses talents. Et nous nous régalons, n'est-ce pas Madeleine ?

Madeleine approuva de la tête sans pouvoir empêcher l'atmosphère de s'alourdir. Un long silence s'instaura avant que Perrot explose :

— Cette femme est malade. Je dois la faire hospitaliser. Êtes-vous d'accord, madame Rossinot ? Prenez quelques affaires. Je vous déposerai moi-même à la clinique où j'ai ma consultation tous les matins.

Ségolène se sentait tétanisée par la surprise et par des sentiments très contradictoires. Elle comprenait que le médecin n'était dupe de rien et qu'il voulait l'arracher à sa prison. Mais elle appréhendait à la fois la vengeance de Germain et de Madeleine lorsque plus tard elle regagnerait l'appartement et la place libre qu'elle céderait au couple, l'autorisant implicitement à vendre meubles et bibelots, à brader la collection de soldats de plomb de Louis à laquelle elle prêtait – à tort – une grande valeur, bref, à faire d'elle une pauvresse quand on la jugerait guérie :

— Je ne me sens pas si mal, parvint-elle enfin à articuler tandis que les regards de ses geôliers se teintaient de bienveillance.

— Nous allons bien nous occuper d'elle, assura Madeleine.

— Nous ne la lâcherons pas une minute, renchérit Germain avec l'accent de la vérité.

— Et nous vous promettons de vous téléphoner

161

chaque semaine de ses nouvelles, promit Madeleine, comprenant qu'ils venaient de gagner la partie.

Perrot rédigea une ordonnance, insistant sur la nécessité de l'exécuter, prit congé de Ségolène par une longue poignée de main dans laquelle il essaya de faire passer toute la déception qu'il éprouvait de ne pouvoir l'aider davantage, salua les deux autres très froidement et se retira.

Ségolène sanglota toute la nuit. Elle avait laissé passer une occasion inespérée. La suivante ne se produirait sans doute pas de sitôt. Elle s'interrogeait sur le manque de caractère qu'elle avait manifesté devant la proposition du médecin. La réponse était arithmétique : deux volontés fortes avaient eu raison d'une volonté affaiblie – la sienne – et d'un élément extérieur tenu à une certaine neutralité. On ne sauve pas les gens contre leur gré. Elle n'avait pas voulu être sauvée. Le calvaire était reparti pour un tour. Elle continuerait à gagner son paradis. Germain et Madeleine n'avaient rien dit, après le départ du Dr Perrot, qui pût la renseigner sur leurs états d'âme et sur leurs projets à son égard. Lui manifesteraient-ils de la gratitude pour n'avoir pas saisi aux cheveux l'opportunité de fuir ? Ou, au contraire, imagineraient-ils une surveillance renforcée pour empêcher que pareille intrusion, et donc semblable menace, ne se renouvelât ? Personne ne devait piper mot de l'incident. Germain s'autorisa seulement une légère pique :

– Tiens, j'ai croisé en ville notre ancienne voiture. Elle est maintenant conduite par un vrai chauffeur qui trimballe de vrais bourgeois.

Ségolène n'arrivait pas à se souvenir de cet épisode pourtant récent et fastueux. Dès qu'elle avait été vendue, elle s'était efforcée d'oublier la Bentley :

« Je vaux mieux qu'une voiture et ma personnalité est plus riche qu'un compte en banque. »

Ségolène se racontait des histoires puisque, victime de la domination et de l'avidité du couple, sa personnalité et son compte tendaient tous les deux vers le zéro. Germain eut une idée de génie pour consommer sa débâcle financière :

– A partir d'aujourd'hui, j'institue le système des amendes. Chaque manquement de ta part à la discipline ou à la politesse te sera facturé cinq cents francs.

Encore fallait-il s'entendre sur la définition du manquement. Ségolène fut très vite renseignée lorsque, le soir venu, Germain lui présenta la note :

– Pour nous avoir servi à midi une viande pas assez cuite et une salade mal assaisonnée : cinq cents francs. Pour ne t'être pas excusée de ce sabotage : cinq cents francs. Total : mille francs.

Ségolène signa le chèque sans discuter. Le jour suivant, Germain l'accusa d'avoir insuffisamment bordé son lit, de rêvasser dans la cuisine et d'avoir répondu par un haussement d'épaules à une injonction de Madeleine. Ségolène, qui avait fait son deuil du magot laissé par Louis, en arrivait à souhaiter que les prélèvements se multipliassent afin que, alerté par des chèques quotidiens libellés à l'ordre d'un seul bénéficiaire, son banquier réussît ce qu'avait raté – de très peu et par sa faute – son médecin.

Autre changement : Madeleine et Germain ne sortaient plus ensemble, comme s'ils se fussent méfiés de la laisser seule dans l'appartement. Autant Germain cherchait à nouer la conversation – fût-elle désagréable – avec Ségolène, autant Madeleine ne desserrait pas les dents. Elle livra la clé de sa mauvaise humeur chronique un matin où son bien-aimé était allé convertir en grilles de loto les dernières offenses de Ségolène au règlement intérieur :

– Ton Germain, ça n'est pas un cadeau !...

Ségolène en demeura interloquée. D'abord par le possessif, ensuite par une mésentente qui, à l'abri des murs de son ancienne chambre, lui avait échappé, enfin par l'intimité retrouvée que supposait pareille confidence faite à sa personne. Elle se garda toutefois d'abonder dans le sens de Madeleine, et même de lui répondre, par peur ou bien d'un traquenard qui lui vaudrait une punition ou bien d'une grave querelle au sein de laquelle il ne ferait pas bon s'insérer. Elle conclut – momentanément – qu'il s'agissait d'un piège puisque, en dépit d'une observation et d'une écoute constantes, elle ne surprit jamais aucun signe d'incompatibilité d'humeur. Le matin, quand elle secouait les tapis par la fenêtre, les voisines se retiraient prestement de la leur, comme si elles lui en voulaient de s'être montrée si peu coopérative avec le Dr Perrot dont, à l'évidence, elles avaient provoqué la visite. Privée de toute aide proche, Ségolène rêva de secours venus de plus loin. Une nuit, arrachant une page à un livre de bord sur lequel Madeleine l'obligeait à inscrire les menus et les denrées à acheter, elle écrivit quelques lignes destinées à Simon : « Je vous en prie, venez à l'appartement le plus vite possible et annoncez-moi que la justice vient de casser le testament de votre père, que tout vous revient et que je n'ai plus un franc à la banque. Je vous embrasse. » Réfléchissant à ce qui pourrait motiver ce grand dadais amoureux d'elle et qu'elle avait si méchamment écarté elle ajouta ce post-scriptum racoleur : « Vous n'aurez pas affaire à une ingrate. » Elle glissa la missive dans une enveloppe usagée dont elle ratura son nom et son adresse afin de leur substituer ceux de Simon Chrétien assortis de la mention : « Prière de faire parvenir ce pli de toute urgence. » Le tout fut expédié d'une main tremblante par la fenêtre de la chambre qui donnait sur la rue. Par malheur, il n'y avait pas de vent. Le message tomba lourdement et disparut sous l'auvent de la porte de l'immeuble. Cinq minutes plus tard la missive revenait à l'envoyeur. En rentrant, Germain l'avait ramassée et avait reconnu les larges arabesques de l'écriture de Ségolène. Il lui tendit l'enveloppe, puis se ravisa :

— Madame ne fait plus confiance à la poste... Madame a peut-être du vague à l'âme...

Il parcourut le message :

— Qui est ce Simon ? Un de tes anciens amants sans doute ? Et pourquoi ce cinéma ? Pour nous mettre à la porte Madeleine et moi ? En oubliant tout ce que nous avons fait pour toi... C'est une très grosse faute. Il t'en coûtera cent mille francs.

Ségolène tenta de minimiser l'erreur :

Il faut me comprendre. Quand vous me laissez

seule, je m'ennuie, je gamberge, j'essaie de me trouver une compagnie.

Germain insista. Il avait son air mauvais de fossoyeur-en-colère-qui-tue-d'un-coup-de-pelle-les-défunts-récalcitrants-ayant-soulevé-le-couvercle-du-cercueil-pour-annoncer-qu'ils-ne-sont-pas-morts.

Ségolène avait pris un temps sa bestialité pour de la puissance. Il possédait de gros traits, de grosses attaches, des mains et des pieds énormes, des biceps de tueur aux abattoirs et des mollets de marathonien. Il n'était pas gros, il était grossier. Il était fort et il sentait fort. Une faible femme ne pouvait s'opposer à cette force de la nature. Mais elle signa le chèque d'un paraphe inhabituel afin de provoquer la suspicion des gens de la banque. Germain qui n'avait rien remarqué montra en même temps la lettre litigieuse et le chèque compensatoire à Madeleine dès qu'elle fut de retour. Puis ils se retirèrent dans la chambre, non sans avoir menacé Ségolène :

– Ton ingratitude nous contraint à prendre des mesures. Tu sauras bientôt lesquelles.

Assise sur le canapé en attendant la sentence, Ségolène découvrit qu'elle n'était même pas inquiète. De voir son sursaut aussi vite étouffé lui avait ôté toute nouvelle envie de révolte. Elle devenait fataliste, se prenant à espérer seulement que si elle succombait aux tortures qu'ils ne manqueraient pas de lui infliger, ils ne pourraient pas se débarrasser de son corps et qu'ils auraient beaucoup d'ennuis. Piètre réaction, indigne de sa nature, de son passé, de son caractère. Mais était-elle encore elle-même ? Elle en doutait, songeant au syndrome de Stockholm dont elle avait entendu parler à la télévision et qui pousse les victimes à se solidariser avec leurs bourreaux. Elle n'en était pas là mais c'était pire puisque, consciente de l'injustice et de la cruauté, elle les acceptait sans qu'il lui fût besoin d'exciper d'aucun alibi idéologique.

Une heure avant le dîner, Germain la fit comparaître :

– Femme Rossinot, vous êtes condamnée, pour commencer, à adopter la tenue modeste des servantes à la cour du roi d'Espagne.

Madeleine traduisit :

– Ça veut dire que tu nous apporteras les plats à genoux.

Ségolène s'attendait tellement à quelque chose d'horrible qu'elle fut soulagée d'apprendre que « pour commencer » ils se contenteraient de la mettre sur les rotules. Jamais elle n'avait si bien compris le sens de cette expression qui, jusque-là, lui avait semblé une exagération de langage.

Germain, lui, en tenait pour la cour d'Espagne sur laquelle il avait lu un article tandis qu'il patientait dans la file d'attente du tiercé. Il connaissait également par ouï-dire le rituel imposé aux fidèles sur l'escalier romain de la Santa Scala. Inculte, il était une éponge à renseignements. Il glanait dans le désordre des notions éparses sur tout et sur rien qu'il ressortait plus ou moins à propos dans les conversations. C'est cette faconde de primaire surinformé qu'il avait cachée d'abord à Ségolène, la trompant ainsi sur sa vraie nature, et qui avait séduit Madeleine, ignare et sans curiosité. Le « service à genoux » inspiré par la tradition royale hispanique faisait de Ségolène une naine humiliée et souffreteuse. C'était l'effet recherché et il fut totalement atteint. Qui aurait reconnu la dame à la Bentley dans cette esclave terrorisée à laquelle on refusait le droit de se servir de ses jambes, qui ne quittait la cuisine où on l'avait reléguée que pour se traîner aux pieds de ses maîtres en essayant d'élever le plus haut possible les plats fumants qui lui vaudraient d'acerbes remarques et qui, chaque nuit, n'avait droit qu'à un court sommeil peuplé de cauchemars sur le canapé du salon, prisonnière d'un domestique révolté et d'une fausse amie, paria au sein d'un appartement dont elle payait le loyer, et dont, sans rancune, elle assumait tous les frais ?

Ségolène dormait de plus en plus mal et de moins en moins longtemps. D'abord parce que ses genoux étaient douloureux, ensuite parce qu'elle s'évertuait à plonger dans le passé pour oublier le présent. Germain ayant détruit son « mur d'images », elle ne reconstituait qu'au prix d'une concentration prolongée les visages – le sien et ceux de ses partenaires –, se trompant sur les dates, les épisodes et les lieux. Parfois, à la triste faveur d'une insomnie prolongée, elle essayait de comprendre comment elle avait pu passer en quelques semaines de la liberté fortunée à l'esclavage indigent. En dépit de tous ses efforts, elle ne parvenait pas à déterminer les causes – et donc les responsabilités – de son changement de destin. Elle finissait par se persuader qu'elle pataugeait dans un mauvais rêve, qu'elle allait bientôt s'éveiller, que tout redeviendrait comme avant et – mélangeant les époques et les personnages – qu'elle partirait avec Louis pour Monte-Carlo à bord de la Bentley. D'autres soirs, quand elle sentait qu'elle était près de s'endormir, elle essayait de programmer des rêves agréables comme si elle n'avait plus fait confiance qu'aux évasions oniriques pour lui faire oublier l'insupportable réalité.

Chapitre V

Dans ce qu'elle appelait ses amours – d'un terme impropre puisqu'elle n'aimait qu'elle-même et qu'elle n'attendait de l'Autre que le culte rendu à la divinité qu'elle croyait être –, il y avait toujours eu plus de rapports de force que de rapports sexuels. Pour Ségolène l'acte, comme elle disait avec un peu de mépris, était juste bon à sceller la prise du gogo, proie consentante que le désir unilatéral disposait sur le lit d'une femme bien décidée à faire payer au plus haut cours ses maigres faveurs. Tandis que ses partenaires s'activaient à la recherche d'un plaisir qu'elle n'envisageait jamais de partager, elle ne se contentait pas de compter les mouches au plafond. De temps à autre, elle rappelait ses amants à l'ordre :

– Termine, mon chéri, je commence à avoir mal à la tête.

Ou bien, si la séance lui semblait se prolonger démesurément :

171

– On ne va pas quand même pas passer la nuit sur ta petite affaire !...

Les plus timides s'arrêtaient net, découragés et déconcentrés, les plus ardents arrivaient à conclure, ne tirant qu'une remarque de la belle, alanguie sous leur corps :

– Eh bien, pépère, j'ai eu chaud !

Les pépères, comprenant qu'ils venaient de saillir une poupée gonflable, descendaient piteusement du lit, soudain honteux de leur nudité, et gagnaient la salle de bains pour asperger d'eau fraîche les séquelles de leurs ardeurs. Quand ils revenaient dans la chambre, Ségolène était déjà rhabillée, remaquillée, rédigeant *in petto* la facture de l'acte, majorée d'une forte indemnité pour trouble de non-jouissance. Certains jours où elle ne supportait pas l'idée d'être effleurée, elle savait substituer à la trop classique migraine d'autres excuses pour expliquer son refus de copuler : jour anniversaire de la mort d'un être cher (sans précision), baisse de tension, ennuis gastriques et surtout ces crises de rhumatisme qui l'empêchaient d'apporter à l'exercice souhaité toute la souplesse désirable. Quand le partenaire s'obstinait, elle concluait par un « je ne voudrais pas te décevoir » sans réplique. Peu à peu elle s'était forgé une devise de maîtresse femme : « Il faut savoir porter la culotte pour ne pas avoir à l'ôter devant la première érection venue ! »

Les désirs du mâle lui étaient indifférents, lorsqu'ils ne la dégoûtaient pas. Un jour où – pourtant le fait était rare – Louis l'informait de ses intentions libidineuses à l'aide d'une formule convenue (« Il y a anguille sous roche »), elle lui avait conseillé gentiment d'aller voir une professionnelle « moins regardante et plus experte », ajoutant cet ultime argument :

– Tu n'auras qu'à déduire de ce que tu me donnes chaque mois l'argent que la fille t'aura demandé. Pour toi, ça ne fera pas de différence.

Louis avait objecté la force de son amour pour elle et son dégoût des autres femmes :

– Tu radotes, je ne suis qu'un vase interchangeable.

Avec Gontran, le gnome obsédé qu'elle avait rendu impuissant, elle avait connu au début de leur liaison quelques excès charnels. Ces derniers n'avaient pas eu de lendemain parce qu'elle s'était rendu compte que Gontran prenait plus de plaisir qu'elle et parce qu'elle avait lu dans la rubrique beauté d'un magazine féminin que les abus cernaient les yeux, fatiguaient les organes génitaux et réduisaient l'espérance de vie de la femme asservie aux caprices luxurieux de l'homme. Gontran s'était suicidé – mais il avait bien d'autres raisons – après une scène où elle lui avait reproché pêle-mêle son manque d'hygiène bucco-dentaire, sa propreté corporelle douteuse et « des pratiques qui lui donnaient envie de vomir ».

Gérard de Tignes, le hobereau mâconnais qui l'avait rendue mère, ne lui inspira pas de plus folle passion bien qu'il possédât plus de classe et de verbiage que les autres, qu'elle fût fière de partager la couche du descendant d'un compagnon de Godefroi de Bouillon et qu'à ses côtés elle se sentît un peu vicomtesse. Mais pour le reste – qu'elle englobait sous le nom de « bas instincts » –, c'était bonnet blanc et blanc bonnet. Ségolène, lors du déduit, se sentait toujours agressée, puis souillée. Le capitaine au long cours père de sa fille Marie-Ange n'avait pas navigué longtemps à son bord. Ils n'avaient passé qu'une seule nuit ensemble, sans doute féconde, mais qui sexuellement ne lui avait laissé aucun souvenir. S'ils en avaient pris le temps, Jean-Claude le chirurgien et Gonzague, l'adjudant, auraient pu lui révéler le plaisir des sens mais ils étaient l'un trop pressé, trop organisé, l'autre trop macho, trop égoïste, pour assiéger longuement la citadelle avant de donner l'assaut. Or Ségolène avait surtout besoin des bagatelles de la poterne. Elle réclamait des compliments, des billets doux, des bouquets, des dîners aux chandelles et des week-ends au bord de la mer avant d'accepter l'idée d'un contact intime :

– Il faut me faire la cour si l'on veut avoir accès au jardin.

Lorsqu'on avait satisfait au rituel, elle ne se donnait pas par excitation mais par reconnaissance et en proportionnant le nombre de ses caresses au capital investi. Avec Sébastien, le laborantin, elle avait presque craqué : il était bel homme, il s'habillait bien, il avait la parole facile, une réputation de savant et un statut social qui l'émoustillaient. Quand il l'étreignait, elle avait l'impression de forniquer avec l'ensemble des professions médicales et paramédicales. Hélas ! Sébastien transpirait. Au moindre effort, à la plus petite concentration intellectuelle, des gouttes de sueur perlaient à son front, ruisselaient sur son torse et humidifiaient ses paumes. Il essayait d'en plaisanter :

— Si un' jour j'écris notre histoire je l'intitulerai *Toi et Moite*.

Ségolène ne riait pas. D'autant que sur le plan olfactif, auquel elle attachait une grande importance, les sudations de Sébastien n'évoquaient pas les parfums de l'Arabie. L'odeur, qui différait selon la zone d'origine, devenait pestilentielle lorsqu'on se rapprochait des extrémités antérieures. Aussi Ségolène prit-elle physiquement ses distances bien avant que la rupture fût consommée. De toute façon, elle n'aimait que sa propre odeur, elle n'appréciait que son propre corps. Son grand rêve aurait été de se féconder elle-même sans aucun apport extérieur. Elle pouvait se regarder pendant des heures dans le miroir qui faisait face à son lit sans jamais se lasser du spectacle.

Paradoxalement, c'est Germain qui lui laissait le meilleur souvenir érotique. Sans doute parce qu'elle avait pris l'initiative du rapprochement et qu'elle avait eu davantage envie de lui qu'il ne l'avait désirée. Plus sûrement parce qu'elle avait toujours été sensible à ce que Jean-Claude, son chirurgien, appelait une « sexualité de situation », partant du postulat que l'acte amoureux étant banal dans sa finalité et primaire dans ses mouvements toujours identiques, il convenait d'en soigner les prémices. Avec Germain elle avait vécu pour la première fois des amours vénales puisqu'elle payait son partenaire alors que d'habitude les billets de banque empruntaient le chemin inverse. A Germain, elle avait pour la première fois pardonné tout ce qu'elle trouvait insupportable chez les autres. N'était-ce pas cela l'amour ? Une indulgence absolue née d'un abandon momentané du sens critique ? Depuis que Germain ne la touchait plus, Ségolène avait perdu sa superbe. Pour la première fois son charme cessait d'agir tandis que – circonstance aggravante – on lui préférait une femme moins belle, moins intelligente et plus âgée qu'elle. Était-ce la fin d'une carrière ? Elle n'était pas loin de le penser, reprenant une formule employée par une amie de sa mère, si souvent déçue par les hommes qu'elle avait décidé de mettre un terme à toute vie sexuelle :

– A partir d'aujourd'hui, je ferme le portillon !

Sur le moment, Ségolène avait ri de cette métaphore métropolitaine. Puis elle avait songé qu'il n'y avait pas grand mérite à interdire l'accès d'un lieu que personne ne demandait plus à visiter. Qui voudrait encore de Ségo, la bonne à tout faire des Muller ? N'importe quel hommage lui aurait redonné confiance mais la loi de l'offre et de la demande devenait caduque pour cause d'incarcération puisque, depuis sa tentative de fuite, Germain avait enjoint à Madeleine d'assumer l'évacuation des ordures.

– C'est pour ton bien, avait-il commenté à l'usage de Ségolène en l'absence de Madeleine. D'abord, les poubelles sentent mauvais. Ensuite, tu pourras faire de méchantes rencontres dans l'escalier. Enfin, cette tâche n'est pas digne d'une personne de ta qualité qui a eu un chauffeur et une Bentley.

Elle se fût sentie flattée si, au terme de sa péroraison, il ne s'était frappé les cuisses en riant grassement.

La semaine d'après, elle crut être au bout de ses peines lorsque, à l'issue de quelques éclats de voix, elle vit Madeleine partir avec ses valises. Quand la porte fut refermée, Germain commenta :

– Ce n'était plus possible. Madeleine a le diable dans la peau et puis, c'est toi et toi seule que j'aime.

Ils firent l'amour toute la nuit. Ségolène se réjouissait sinon de reprendre une gymnastique qui lui avait peu fait défaut, du moins de récupérer un statut de compagne à part entière, d'avoir éliminé une rivale honnie – elle avait constaté d'un coup d'œil que ses penderies étaient vides – et de retrouver la liberté car elle ne doutait pas que, la maîtresse éloignée, elle assumerait de nouveau les charges extérieures du foyer. Germain s'était montré satisfait de la qualité des ébats :

– Cela me rajeunit, dit-il gaiement, oubliant que les débuts de leur idylle ne remontaient qu'à six mois.

Ségolène remettait le rouge à lèvres auquel on lui avait ordonné de renoncer et commençait à imaginer le discours qu'elle tiendrait aux commerçants pour justifier sa longue absence lorsqu'on sonna :

– Va ouvrir, dit Germain, c'est quelqu'un qui vient déjeuner avec nous. Une surprise.

La surprise avait le visage de Madeleine, hilare comme elle ne l'avait jamais vue. En un quart d'heure elle eut vidé ses valises et réinstallé toutes ses affaires dans les placards. Germain exultait :

177

— Ah ! ma pauvre Ségo, on t'a bien eue ! Qu'est-ce que tu allais t'imaginer... Madeleine est la seule femme dont je ne sois amoureux.

Il enlaça la revenante et l'embrassa goulûment :

— Tu m'as beaucoup manqué !

Ségolène aurait voulu éclater en sanglots pour exorciser cette nouvelle déception. Mais, par fierté et pour ne pas leur offrir le plaisir de son chagrin, elle résolut de se contenir jusqu'à la nuit.

Elle n'en eut pas le loisir. Elle n'était pas allongée depuis une heure sur son canapé que Germain l'appelait de la chambre :

— Apporte-nous de la bière fraîche.

Quand elle déposa les cannettes sur la table de chevet, il lui fit un croc-en-jambe qui la précipita sur le lit :

— Assieds-toi et regarde comment nous nous y prenons. Tu verras à côté de quoi tu es passée.

Madeleine haletait déjà de plaisir. Ils ne lui épargnèrent aucun détail, aucune posture. De temps en temps, Germain se tournait vers Ségolène :

— Est-ce que tu vois ce qu'on fait ? Si tu ne comprends pas tout, pose des questions. C'est pour ton bien.

Ségolène retint une nausée. Elle claqua la porte de la chambre et se traîna jusqu'à la cuisine où elle avala une grande rasade d'une bouteille dont l'étiquette prohibait tout usage interne. Quand elle reprit conscience, elle était allongée sur le tapis du salon. Rhabillés à la diable, Germain et Madeleine la scrutaient avec anxiété. Leur inquiétude emplit Ségolène d'une vague de plaisir et de fierté qui lui fit oublier durant quelques secondes la douleur qui lui tordait les entrailles. Ainsi pouvait-elle perturber, voire interrompre, le fonctionnement de leur machine infernale, se détruire elle-même instantanément en leur ôtant la volupté de le faire à petit feu et, peut-être, si elle s'en sortait, inverser le cours du destin. Avant de sombrer dans le coma, elle entrevit Madeleine brandissant la bouteille de détergent presque vide et entendit Germain murmurer à sa complice :

– Si nous n'appelons pas le Samu, on risque des ennuis.

Les infirmiers durent franchir la haie des voisins avant de hisser la malade dans l'ambulance. Les langues se déliaient après des mois de silence égoïste ou de médisances feutrées. Germain qui portait la valise de Ségolène en perçut des bribes confirmant l'urgence d'aviser. Plus prompte à conclure qu'à intervenir, la rumeur publique parlait déjà de suicide :

– Pauvre femme, disait l'un.

– Comme elle a changé, renchérissait un autre.

– On ne la voyait plus jamais, remarquait un troisième.

– Ils l'ont poussée au désespoir, susurrait la *vox populi*, rendue soudain courageuse par l'impunité que lui garantissaient les circonstances. Germain tentait de minimiser sa responsabilité en expliquant à une cantonade réservée :

– Sa santé déclinait depuis plusieurs semaines. Le Dr Perrot était venu encore récemment. On ne sait pas exactement ce qu'elle a. Il faudra des analyses.

Madeleine était restée dans l'appartement, hébétée, prostrée, n'osant plus se montrer, comprenant enfin que le jeu cruel auquel elle avait accepté de participer était en train de se terminer tragiquement.

Germain, lui, faisait front. Il alla jusqu'à la clinique. L'interdiction que le personnel lui signifia de pénétrer dans la chambre lui sembla de mauvais augure alors qu'elle était motivée par la seule volonté de donner à la malade les soins réclamés par un état qu'au terme d'un bref et premier examen l'interne de service jugea grave. Le lavage d'estomac ne donna pas les résultats escomptés. Germain ne se préoccupait de la santé de Ségolène que parce qu'on pouvait le rendre responsable de sa détérioration. S'il n'y avait pas eu la menace des foudres de la police et de la justice, sans doute eût-il retrouvé d'instinct la formule qu'il employait volontiers dans les débits de boisson quand on l'interrogeait sur ses activités de valet de la Grande Faucheuse :

– Le plus beau cercueil en chêne ne vaudra jamais une bonne bière bien mousseuse.

On riait, on louait son caractère, on admirait sa philosophie et il payait une tournée générale. Cette fois, la situation était différente. Bien qu'en parfaite santé lui-même, il risquait de souffrir de « la grosse bêtise » de Ségolène. L'alternative était simple sur le plan de la logique, plus complexe sur le plan médical : ou bien Ségolène ne s'en sortait pas et il était préférable que l'issue fatale se produisît très vite afin qu'elle ne se livrât pas à des bavardages inconsidérés, ou bien on la sauvait et il fallait veiller au grain en obtenant qu'elle regagnât très vite l'appartement où Madeleine se chargerait de lui mettre des compresses sur le front et un bœuf sur la langue. En attendant, Germain faisait preuve d'une émouvante patience, debout toute la journée devant une porte qui ne s'entrouvrait pas pour lui donner accès à la malade mais qui l'autorisait à l'apercevoir, lointaine, livide, immobile, bardée de tuyaux. Le soir, quand Madeleine lui demandait des nouvelles, il usait d'un raccourci chagrin et trivial :

— Elle va mal... Elle se venge... Elle est capable de clamecer rien que pour nous emmerder.

Madeleine partageait son avis. Ils avaient été trop gentils avec Ségolène. Ils ne l'avaient pas assez surveillée. Voilà ce qui arrivait quand on plaçait mal sa confiance. Ils étaient les vraies victimes puisque Ségolène n'avait plus rien à attendre de l'existence et que la belle vie ne pourrait commencer pour eux que s'ils parvenaient à mettre le grappin sur l'héritage qu'elle avait si peu mérité. Or, là aussi, le pronostic était pessimiste. Sauf si Germain réussissait à s'approcher du lit et à profiter d'un hypothétique réveil pour lui faire signer le testament qu'à tout hasard il avait rédigé, l'enquête, diligentée à coup sûr, rendrait suspectes et donc caduques toutes leurs ambitions financières. Il résuma à l'usage de Madeleine la précarité de leur situation à l'aide d'une de ces formules qui leur permettaient de se donner le beau rôle :

— Cette salope risque de nous laisser sur la paille !

— Nous avons obligé une ingrate, ajouta Madeleine en prenant un air contrit.

— Ne sommes-nous pas sa vraie famille ? reprit Germain. En dehors de nous, personne ne s'intéresse à elle.

Pendant ce temps, l'objet de tant de sollicitude se débattait entre la vie et la mort. Les médecins s'interrogeaient sur l'origine du mauvais état général constaté chez une patiente encore jeune mais visiblement anémiée et sous-alimentée. Germain, qui n'avait toujours pas été admis auprès du lit, sentait les regards soupçonneux. Ségolène sortit du coma un lundi, affaiblie mais sauvée. Germain ne feignit pas longtemps une joie qu'il était loin d'éprouver puisque le lendemain il trouva sous la porte une convocation de la police judiciaire. A l'issue d'un long silence, Madeleine résuma la conjoncture :

— Ça se rapproche, dit-elle.

Germain tenta de minimiser le péril :

— Rien de plus normal. Chaque fois qu'il y a suicide, il y a enquête. Nous avons été les témoins de l'acte. Mais la coupable, c'est elle. On ne l'a pas forcée à boire cette fichue bouteille !

— Et si on s'installait dans une autre région ? envisagea Madeleine.

Germain n'apprécia pas :

— Tu te dégonfles déjà ? Mais notre fuite équivaudrait à un aveu. Et puis, où irions-nous et avec quel argent ? Cet appartement n'est-il pas tout notre bien ?

— Sauf qu'il ne nous appartient pas plus qu'à Ségolène, rétorqua Madeleine, et qu'il faudra continuer à payer le loyer.

Germain réaffirma son optimisme :

182

— Je me fais fort d'aller voir Ségolène, de bavarder avec elle et d'obtenir une procuration. Alors seulement, quand nous aurons vidé le compte et vendu les meubles, nous pourrons nous éloigner.

Au palais de justice Germain eut la désagréable surprise de voir assis dans le couloir et attendant, eux aussi, d'être entendus, le banquier Henri Batisse, le Dr Perrot et le notaire Mouillard. Simon Chrétien, qu'il reconnut pour l'avoir vu mener le deuil à l'enterrement de son père, les rejoignit peu après. Pour résister à la tentation de fuir, il s'obligea à penser qu'il ne s'agissait que d'une enquête de routine. Ni le banquier ni le notaire ni le praticien ni le beau-fils n'étaient vraiment au courant des sévices, et l'absence des voisins prouvait que les hypothétiques témoins oculaires du calvaire de Ségolène ne s'étaient pas manifestés. Tout le problème consistait donc à faire bonne figure face aux policiers et à soutenir mordicus que Madeleine et lui étaient les meilleurs amis d'une femme dont il ne nierait pas qu'il avait commencé par être l'employé. Germain savait qu'il n'était pas dépourvu de charme ni de dons de comédien. Ne devait-il pas toutes ses réussites à son art de feindre le courage lorsqu'il avait commencé à travailler, la tristesse lorsqu'il s'était reconverti dans les pompes funèbres, le dévouement quand Ségolène l'avait engagé ? Il lui fallait maintenant jouer l'affection, la tristesse et l'innocence. Un jeu d'enfant pour quelqu'un de son envergure.

Chapitre VI

L'inspecteur Laffont est un homme jovial. En apparence seulement car le regard qu'il porte sur la société, aiguisé par vingt-cinq années de fréquentation de contemporains rarement classés dans la catégorie des enfants de chœur, est dépourvu d'illusions. Sa bonne humeur toute professionnelle est destinée à simplifier les rapports humains et à rassurer des interlocuteurs par définition inquiets lorsqu'on les introduit dans un bureau si minable que sa première phrase tend à faire excuser la pauvreté du décor. Quitte à ajouter que l'on peut très bien faire de la lumière en utilisant une lampe suspendue à un simple fil et qu'un dossier vaut davantage par la richesse de son contenu que par la somptuosité de son contenant. Il n'a aucun *a priori* à l'égard de Germain. Il souhaite seulement situer la tentative de suicide de Ségolène dans son contexte :

— Chaque suicide est un appel au secours. Nous

nous devons d'identifier la menace qui pousse un individu à une telle extrémité.

Germain se tortille sur sa chaise cannée :

— Vous savez, monsieur l'inspecteur, le désespoir est souvent la faute à pas de chance, à l'époque, à la société.

Il avait préparé avec Madeleine cette phrase pour la placer à la fin de son audition. Il l'a utilisée d'entrée de jeu afin d'indiquer à l'inspecteur qu'il ne se sent aucune responsabilité dans l'affaire Rossinot. Laffont, bon prince, consent à apporter de l'eau à son moulin :

— Rien de plus vrai, monsieur Muller, mais la société et l'époque, c'est vous et moi. Quelle était la nature de vos rapports avec Mme Rossinot ?

L'interrogatoire commençait. Germain rassembla toute son assurance pour répondre à cette question, banale si le policier procédait à une enquête de routine, mais qui pouvait receler un véritable piège si la rumeur parvenait jusqu'à lui :

— Bons, très bons, monsieur l'inspecteur. Cordiaux même.

— Quand et où vous étiez-vous rencontrés ?

— À l'enterrement de M. Chrétien avec qui elle vivait.

— Oui, je l'ai connu. C'était un homme très bien. Vous étiez de sa famille sans doute ?

— Non, enfin, c'est-à-dire qu'à l'époque je travaillais pour la succursale des pompes funèbres qui s'est chargée des obsèques.

— Et vous avez soutenu Mme Rossinot, j'imagine, dans cette circonstance douloureuse ?

La grinchieuse

— Exactement. Elle était seule, désemparée. Je me
suis associé à son chagrin.
— Tout de suite... Je veux dire : le jour de l'enterrement ?
— Non, nous n'avons sympathisé que plus tard,
quand nous nous sommes rencontrés par hasard
dans la rue.
— Et vous êtes devenu son ami ?
— Pas seulement. Je venais de quitter les pompes,
elle cherchait un chauffeur pour conduire une grosse
voiture qu'elle avait achetée. Elle m'a engagé comme
chauffeur.
— Avez-vous habité immédiatement chez elle ?
— Au début, je venais prendre mon service le matin
et, quand c'était fini, bonsoir ! Je rentrais chez moi.
— Mais vous me disiez que vous étiez amis...
— Pas encore vraiment. Un chauffeur se doit de
rester à sa place. Derrière le volant.
— Une femme seule, jeune et séduisante, a parfois
d'autres exigences.
— Ça n'a pas été le cas.
— Comment lui avez-vous alors manifesté votre
amitié ?
— Quand elle le souhaitait je lui tenais compagnie.
— Le soir ? La nuit ?
— Je n'ai pas tenu le compte de mes heures de
présence.
— Vous étiez payé pour cela.
— Ça n'empêche pas l'amitié.
— Comment expliquez-vous qu'elle vous ait gardé
à son service alors qu'elle n'avait plus de voiture ?
— Je faisais le ménage, la cuisine, les courses.

— Et elle ?

— Elle n'avait qu'à mettre les pieds sous la table.

— Plus tard, quelqu'un l'a pourtant vue préparer les repas et apporter les plats...

— C'était sur mon conseil, pour reprendre une activité qui la tirerait de sa déprime.

— Soit, mais elle ne sortait plus...

— Elle n'en avait pas envie. Je ne pouvais pas la forcer.

— Elle ne s'habillait même plus...

— Puisque je vous dis qu'elle n'avait plus goût à rien.

— Les tâches ménagères ne lui ont donc été d'aucun secours ?

— Le mal était plus grave que je ne l'avais cru. Je me suis trompé mais je ne suis pas docteur.

— Justement, vous auriez dû la faire examiner.

— Son médecin traitant est passé la voir un jour. Je suppose qu'il l'a trouvée en forme car il s'est contenté de rédiger une petite ordonnance.

Laffont se leva, la main tendue :

— Eh bien, il ne me reste qu'à vous remercier de votre témoignage, monsieur Muller. Nous nous reverrons pour mettre tout cela noir sur blanc.

Germain s'avisa simultanément qu'il en était quitte pour cette fois et qu'il y en aurait une prochaine. L'entretien, estimait-il, avait plutôt tourné à son avantage. Il avait joué la bonne foi et le bon cœur. Rien n'indiquait que le policier se méfiât. Si ce n'était la présence dans le couloir de témoins qui, sans en savoir long, l'aideraient peut-être à concevoir quelques doutes. Madeleine, à qui il rapporta l'interrogatoire, se montra moins rassurée :

La grinchieuse

— Ce type te cherche. Il finira par te trouver. Avec l'aide du banquier et du docteur.

— Le banquier ne connaît que ses comptes et le docteur n'a jamais pu faire dire à Ségolène qu'elle était malheureuse ou prisonnière. Donc, pas de danger de ce côté-là. Non, vois-tu, la seule personne capable de casser ma cabane c'est toi, qui as tout vu et tout vécu. Mais tu tiendras ta langue, j'en suis certain, parce que c'est ton intérêt.

La seconde convocation suivit de peu la première. Germain y déféra tout en pestant contre « le centralisme bureaucratique », expression pêchée la veille à la télévision et qu'il n'assimilait pas bien. Pourquoi l'inspecteur n'avait-il pas pris tout de suite par écrit sa déposition ? Le policier le lui précisa d'emblée :

— J'ai cru bon de vous laisser réfléchir avant de vous poser les mêmes questions afin que vous puissiez, le cas échéant, modifier vos réponses si elles ont trahi votre pensée.

Laffont se montrait encore plus jovial qu'au premier rendez-vous. Sa lucidité désabusée le conduisait à jubiler lorsqu'une enquête confirmait le peu de considération que méritait la nature humaine. Il prit le temps d'allumer un petit cigare avant de lancer tout à trac :

— Et puis, j'attendais que Mme Rossinot reprenne conscience. C'est fait. J'ai été la saluer.

— Comment l'avez-vous trouvée ? ne put s'empêcher de s'enquérir Germain.

— Faible, très faible, mais très désireuse de collaborer avec nous. J'irai la revoir prochainement.

— Vous a-t-elle demandé de mes nouvelles ?

— Non. Et même, chaque fois que j'ai prononcé votre nom elle fermait les yeux, en signe de lassitude ou de peur, je ne sais pas encore très bien.

— On serait fatigué à moins mais je ne vois pas en quoi je pourrais lui faire peur.

L'interrogatoire reprit mais sous une forme plus précise, plus insistante :

— Avez-vous le souvenir d'avoir contraint Mme Rossinot à adopter un comportement qu'elle n'avait jamais eu jusque-là ?

— Non, hormis, comme je vous l'ai dit la première fois, le conseil que je lui avais donné de se changer les idées en faisant la cuisine et le ménage.

— Qui est Mme Corcellet ?

— Une amie de Ségolène qui, lorsque sa déprime a commencé, a bien voulu m'aider à la soigner.

— Mme Corcellet est-elle votre maîtresse ?

— Absolument pas.

— Où couchait-elle ?

— Elle rentrait habituellement à son domicile.

— Et quand elle ne le faisait pas ?

— Dans le salon.

— Et vous ?

— Dans la chambre.

— Et Mme Rossinot ?

— Dans la chambre aussi mais je mettais un coussin entre nous deux.

— Mme Rossinot n'a-t-elle jamais dormi sur le canapé ?

— Peut-être.

— Sûrement. Des voisins l'ont aperçue certaines

nuits par la fenêtre ouverte. Ces nuits-là, où couchait Mme Corcellet ?

– Dans la chambre, je suppose.

– A côté de vous, donc ?

– Oui, mais toujours avec le coussin au milieu.

– Vous êtes vraiment un galant homme !

– C'est ce qu'on dit.

– Et, pardonnez l'indiscrétion, aucune de ces deux dames ne vous a suggéré d'enlever le coussin ?

– Non. Je n'étais pas leur genre et elles n'étaient pas le mien.

– Je comprends. On ne doit pas mélanger l'amitié et l'amour... Dites donc, monsieur Muller, comment s'appelle votre chien ?

– Mais, je n'ai pas de chien !

– Alors celui de Mme Rossinot ou de Mme Corcellet ?

Germain bredouilla, comprenant, mais trop tard, que Laffont venait de marquer un point, qu'il l'entraînait sur un autre terrain et qu'il savait beaucoup plus de choses que lors de leur première entrevue.

– Je crois me souvenir que Mme Rossinot avait eu un cocker mais il était mort lorsque nous avons fait connaissance. Tout cela n'a pas beaucoup d'importance.

– Pardon ! Plusieurs témoins ont évoqué le collier et la laisse que Mme Rossinot portait dans son appartement et qui entravaient ses mouvements.

– Ah oui, je vois ! C'était un jeu entre nous. En

souvenir du cocker... Elle lui avait été très attachée et elle me mimait ses façons de faire, de monter sur le canapé.

— En aboyant ?

— Ça lui est arrivé. Elle est très espiègle.

— Ce n'est pourtant pas le portrait qu'on en fait dans l'immeuble. Autre chose : comment expliquer qu'une femme si coquette, si mondaine, se soit soudain terrée chez elle et qu'on ne l'ait plus rencontrée que dans l'escalier en guenilles et trimballant la poubelle ?

— La déprime, monsieur l'inspecteur, la déprime.

— Attendez, j'essaie de comprendre... Au début Mme Rossinot était votre patronne...

— Si l'on veut.

— ... Ensuite on a l'impression que c'est vous qui avez pris sa place et qu'elle est devenue votre employée.

— Elle s'est seulement mise à la cuisine et au ménage, mais de sa propre volonté.

— Parfait. Les choses s'éclairent. Sauf sur un point : si Mme Rossinot assumait toutes les tâches ménagères, comment justifiez-vous votre salaire ? D'autant qu'elle avait vendu sa voiture.

— Je bricolais. Peinture, électricité, plomberie.

— Mme Rossinot ne manifestait-elle jamais l'envie de sortir ?

— Jamais. Chaque fois que je le lui proposais, elle refusait en disant que le monde était trop méchant.

— ... et que seuls vous et Mme Corcellet étiez gentils ?

— C'est un peu ça.

— Eh bien, vous voyez, tout devient limpide. On a toujours intérêt à bavarder. Une petite cannette ?

Germain accepta. Les deux hommes burent en silence. Laffont avait encore de la mousse sur les lèvres lorsqu'il reprit l'offensive :

— Navré de devoir être sordide, monsieur Muller, mais il faut maintenant parler d'argent. J'ai sous les yeux les relevés de compte de Mme Rossinot. Si l'on excepte le règlement du loyer, du gaz, de l'eau et de l'électricité, vous êtes l'unique bénéficiaire des chèques tirés. Et pour des montants très supérieurs à un salaire normal de chauffeur...

— J'avais prêté de l'argent à Mme Rossinot pour payer les obsèques. Elle m'a remboursé.

— Rien de plus normal. Vous êtes un homme de cœur, monsieur Muller.

— J'aime bien rendre service, monsieur l'inspecteur.

— C'est tout à votre honneur. A demain.

— Pourquoi, ce n'est pas fini ? Je ne vous ai pas tout dit ?

— Si, bien sûr, mais j'ai un autre rendez-vous. Il nous reste à coucher tout cela sur un procès-verbal. Simple formalité.

En sortant du palais de justice, Germain se précipita à la clinique. Cette fois, il entra sans difficulté dans la chambre de Ségolène. Elle reposait, les traits tirés, les lèvres blanches. Elle ouvrit les yeux lorsqu'il s'approcha pour lui faire le petit compliment qu'il avait préparé :

— Chère Ségo, c'est une des plus grandes joies de ma vie de te voir sauvée.

La main de la malade se crispa sur la sonnette. Un infirmier entra, comprit la situation et prit Germain par le bras :

— Il faut sortir, monsieur, Mme Rossinot est très fatiguée. Les visites lui sont interdites.

Les retrouvailles étaient ratées. La procuration qu'il avait dans la poche ne serait pas signée de sitôt. Germain avait trop compté sur une perte de mémoire et sur une faiblesse prolongée. A moins que Ségolène n'eût vraiment pas le droit de voir quiconque, pas plus lui que quelqu'un d'autre, hormis un policier, qu'elle ne fût réellement harassée et qu'il n'y eût aucune animosité à son égard dans l'appel au personnel soignant.

Le troisième interrogatoire fut bref et ne donna lieu, à l'issue de la signature d'un document très fidèle que Laffont avait établi grâce aux multiples notes prises durant leurs deux conversations, qu'à une seule nouvelle question :

— Avez-vous un avocat ?

— Non, pourquoi ? s'enquit Germain essayant de faire bonne figure mais sentant la terre se dérober sous lui.

Laffont se donna le temps d'articuler posément :

— Parce que le juge d'instruction auquel je me réserve de transmettre le dossier va sans doute vous mettre en examen pour séquestration, voies de fait, sévices et extorsion de fonds.

— Je ne comprends pas, balbutia Germain.

— Qu'importe, puisque moi j'ai compris.

194

La grinchieuse

Et il se plongea dans ses dossiers pour indiquer que l'entretien était fini, mais sans se lever et sans tendre la main, lui lançant en guise d'adieu cet ultime conseil :

— Travaillez plutôt de vos mains que du reste. Quoi qu'on en croie, ça salit moins...

Chapitre VII

Par coïncidence, Germain fut écroué à la prison de Saint-Fons et Madeleine placée en garde à vue le jour même où Ségolène quittait la clinique pour « Les Chardonnerets », maison de convalescence située à une dizaine de kilomètres de Lyon. Elle éprouvait encore fatigue et faiblesse, mais elle n'était pas fâchée d'échapper aux contraintes du milieu hospitalier et d'aller reprendre des couleurs à la campagne. En dehors du sursaut de peur qu'elle avait éprouvé en voyant surgir Germain auprès de son lit, elle se sentait sans sentiment, sans réaction, indifférente à tous et à tout. Comme débranchée du monde mais sans pouvoir pour autant se réfugier dans une vie intérieure. La modeste maison de convalescence lui sembla un palace. Non seulement elle y disposait d'une chambre pour elle seule mais, hormis le lit qu'on lui laissait retaper, toutes les corvées ménagères qui avaient été son lot sous la férule de Germain et Madeleine étaient exécutées par d'autres. Les pensionnaires qu'elle croisait dans la salle à manger ou au jardin lui apparaissaient comme des zombies, le personnel n'avait guère plus d'existence. Tout était tellement silencieux, dépersonnalisé, neutre et sans saveur, tellement éloigné du monde actif qu'à certains moments Ségolène se demandait si elle n'était pas déjà morte ou encore dans le coma. En dehors de la directrice qui l'avait accueillie sans prononcer un mot en lui tendant un formulaire à remplir, elle n'avait eu aucun contact humain. Chacun paraissait évoluer dans ses problèmes sans voir son voisin. C'était à la fois reposant et angoissant. Ses forces lui revenaient peu à peu, sinon la joie de vivre. Des bribes d'un passé récent sollicitaient en vain son attention. Elle refusait de prêter attention à tout ce qui n'était pas le présent le plus proche, c'est-à-dire la journée en cours. Elle avait oublié la veille. Elle ne se préoccupait pas du lendemain. Personne ne venait la voir. Seul Simon en avait formé le projet, mais elle n'avait pas répondu à sa lettre. Le médecin qui l'auscultait chaque semaine ne s'intéressait qu'au fonctionnement de ses organes. Tout le monde avait perdu de vue qu'elle possédait aussi une âme jusqu'au jour où le père Gerberoy frappa à la porte de sa chambre. Il cumulait les responsabilités de trois petites paroisses et de l'aumônerie de l'établissement. Il n'ignorait pas que Ségolène avait tenté de se donner la mort. Il se proposait de l'aider à reprendre pied, à voir clair en elle et dans les autres. Elle lui témoigna d'abord peu d'intérêt, pas mécontente au demeurant qu'un ecclésiastique voulût bavarder avec elle mais pas encore assez vaillante pour soutenir une conversation. Le prêtre comprit qu'il ne fallait pas la brusquer. Il venait tous les jours cinq minutes, monologuant sur tous les sujets, des difficultés de ses ouailles au renouveau de la nature, de la meilleure mine qu'il lui trouvait à un mariage qu'il avait célébré le matin même et qu'il lui racontait en glissant au passage quelques phrases bien senties mais qui laissaient Ségolène de marbre sur l'affectueuse sollicitude du Créateur à l'égard de ses créatures. Comme il insistait, Ségolène finit par lui répondre que rien dans son enfance, dans son adolescence et dans les années qui avaient suivi ne lui avait permis de conclure que le Tout-Puissant se penchait sur elle. C'était une amorce de dialogue. Le père Gerberoy la saisit au vol :

— Dieu s'occupe surtout de ceux qui souffrent. Jusqu'à ce que l'existence vous devienne insupportable Il ne s'était pas inquiété. Votre malheur va vous rapprocher de Lui et Il répondra présent pour peu que vous L'appeliez à l'aide.

Ségolène se défendit de solliciter le secours de qui que ce soit. Elle était trop fière pour cela et elle avait appris qu'elle ne pouvait compter sur personne. Elle boirait le calice jusqu'à la lie, consciente qu'elle payait pour tout le mal qu'elle avait fait elle-même. Le prêtre ne laissa pas passer davantage cette seconde occasion. Doucement il la mit, sinon sur le chemin de la confession, au moins sur la voie de la confidence. En une semaine Ségolène lui raconta tout. Ou presque. Sa jeunesse mercerisée et si peu exaltante. Ses flirts sans lendemain et ses concubinages sans amour, ses ambitions sociales et surtout le calvaire qu'elle avait fait endurer à Louis, l'homme qui lui avait manifesté le plus d'indulgence et de générosité.

Avec Gerberoy, elle faisait à petits pas le tour du jardin. Il l'invitait à humer une fleur, à admirer un papillon, à commenter le menu de son dernier repas. Il lui apporta une barre de chocolat dont elle lui avait avoué être naguère friande. Il lui conseilla de se maquiller légèrement et d'apporter plus de soin à son habillement :

— A quoi bon, objectait Ségolène, je suis une pauvre nonne chassée de tous les couvents ?

L'expression lui parut décrire si exactement sa solitude et ses tourments qu'elle l'employa plusieurs fois, tarissant ainsi la verve prosélyte du prêtre.

Elle attendit un grand mois pour évoquer l'autre calvaire, celui que Germain lui avait imposé, entrant dans des détails si intimes que Gerberoy en fut gêné. Lorsqu'il reprit son sang-froid, il expliqua à Ségolène que c'était une grande chance pour elle que d'avoir été punie ici-bas, car cela lui éviterait l'enfer dans l'au-delà. Elle le poussa dans ses retranchements :

— Êtes-vous sûr, père, que j'aie suffisamment remboursé et que mes comptes soient en règle ?

— J'en suis certain. Je dirais même que vous avez plus souffert que vous n'avez fait souffrir. Vous venez d'accomplir votre rédemption.

Elle en savait assez. Elle congédia le prêtre mais elle garda l'idée :

— Je vous fais perdre votre temps. Je ne suis pas

une cliente pour la religion et pour les vendeurs de bondieuseries. Vous m'avez permis de faire mon bilan. Merci. Courez maintenant vers d'autres âmes plus dignes d'intérêt.

Tandis qu'elle parlait et que la déception s'inscrivait sur les traits de l'ecclésiastique, elle buvait du petit-lait : elle retrouvait, pêle-mêle, sa personnalité, son franc-parler, sa volonté et peut-être un peu de cette méchanceté sans l'expression de laquelle elle aurait continué d'être l'une des pensionnaires apparemment ingambes mais intellectuellement défuntes qu'elle croisait dans l'établissement. Ségolène, qui s'ennuyait, fréquenta la bibliothèque. Elle y dénicha, coincé entre *Les Mystères de Paris* et *Les Trois Mousquetaires*, *Madame Bovary* qu'elle n'avait que vaguement feuilleté lorsque le médecin de la place Perrache l'y avait incitée. Ce n'est qu'au bout de cinquante pages qu'elle se souvint du diagnostic du Dr Perrot. Le médecin avait vu juste. Emma c'était elle, Charles c'était Louis, Rodolphe c'était Germain. Elle reconnaissait ses ambitions, ses déceptions, son ennui. Elle admira qu'Emma allât jusqu'au bout de ses fantasmes et qu'ayant raté sa vie elle eût réussi son suicide. Elle retrouvait dans l'héroïne de Flaubert le désespoir d'être trop et mal aimée qui avait été le sien en même temps que cette immense lassitude qui aboutit à ce qu'un jour on estime que la vie ne vaut plus d'être vécue. Il n'aurait pas fallu pousser beaucoup Ségolène pour qu'elle affirmât que le romancier s'était inspiré de ses infortunes et qu'Emma Bovary, c'était elle. Elle retira de cette lecture fierté et sérénité : fierté d'avoir suscité un chef-d'œuvre, sérénité à la pensée qu'il n'est pas de malheurs, si grands soient-ils, qui ne trouvent leur terme dans le trépas. Le goût des plaisirs simples lui revenait peu à peu. Le gazon bien entretenu, un coucher de soleil, une pâtisserie qu'elle aimait l'aidaient à considérer qu'à l'écart de l'existence luxueuse et tumultueuse dont elle avait rêvé il y avait une façon plus modeste, plus calme, moins heurtée, quasi végétative, d'exister. Comme le bonheur est une notion essentiellement comparative, le triste destin de la quinquagénaire qui logeait dans une chambre voisine l'aida à reprendre espoir. Elle se prénommait Gina mais le personnel l'avait baptisée « Madame Catastrophes » en raison des innombrables coups du sort qu'elle avait dû encaisser. En l'espace de quelques années, elle avait perdu deux maris, trois enfants, ses économies et sa maison qui avait brûlé, carbonisant ses vieux parents. Elle était à la fois agitée par le rappel constant de son calvaire et apaisée par la certitude qu'il ne pouvait plus rien lui arriver, hormis une mort qu'elle appelait de tous ses vœux. Elle relevait d'une grave dépression lorsqu'on l'avait admise aux Chardonnerets. Elle allait mieux mais les médecins et la directrice feignaient de ne pas s'en apercevoir afin de conserver un havre au seul membre de la famille qui ne logeât pas dans un cimetière. Elle était grande, sèche et sans charme. Elle ne s'animait que pour évoquer ses « chers disparus » à l'aide d'une iconographie banale arrachée à l'incendie et d'objets dérisoires, mais chargés de souvenirs, qu'elle montrait à tout le monde comme si sa dernière mission ici-bas eût consisté à faire visiter son panthéon personnel. Sur Dieu, les prêtres, les hommes, les femmes, les médecins, les pompiers, elle n'avait plus aucune illusion. Les deux seules questions qu'elle se posât encore trahissaient son angoisse métaphysique : Mais que faisons-nous sur terre ? Ne naissons-nous que pour assouvir le sadisme d'un grand ordonnateur des souffrances qui, tapi dans son PC, lâche sur nous avec délectation sa meute de virus, de microbes, d'accidents et d'incendies ? A côté d'elle, on avait d'autant moins le droit de se plaindre qu'elle ne sollicitait aucune confidence, trop occupée à détailler sa propre et cruelle saga. Deux fois par jour, elle préparait, sur un réchaud portatif, un chocolat onctueux qui répandait dans le couloir une odeur de fête, et dont elle offrait une tasse à tous ceux qui l'avaient écoutée en faisant preuve de suffisamment de patience ou d'émotion et avec lequel on s'étonnait, eu égard à sa malchance chronique, qu'elle ne s'ébouillantât pas. Quand elle la quittait, Ségolène se sentait moins abattue. Elle dressait son bilan en notant qu'elle n'avait jamais perdu d'être qui lui eût été vraiment cher – c'est l'avantage de n'aimer personne –, qu'elle n'avait souffert dans sa chair que pendant quelques mois, qu'elle possédait encore quelques dizaines de milliers de francs à la banque et qu'elle n'était pas seule au monde puisque son père et ses enfants étaient toujours bien vivants. S'agissant des quarante années qu'elle avait déjà passées sur terre, le constat était moins réconfortant : elle avait raté son enfance, raté son adolescence, raté la première période de sa maturité. De nombreux hommes l'avaient aimée, qu'elle avait découragés ou éloignés. Incapable de fonder un foyer, ayant coupé les ponts avec sa famille naturelle, elle se retrouvait abandonnée, affaiblie, ne croyant plus en elle et ne croyant toujours pas en Dieu.

Un jeune magistrat du parquet lyonnais vint la voir, qui lui apprit en même temps l'arrestation de Germain après de nombreux témoignages accablants, le placement sous contrôle judiciaire de Madeleine et le début d'une instruction où elle était appelée à tenir la vedette. Ségolène ne cacha rien, contant même les épisodes où elle n'avait pas le beau rôle et insistant sur la déchéance qu'elle avait connue. Quand ce fut fini, elle lut de la compassion dans le regard de son interlocuteur, mais nulle trace de désir. Elle en déduisit qu'elle n'avait excité que sa pitié et pensa à autre chose. Après tout, on pouvait fort bien se contenter de sa propre anatomie. L'indépendance complète était peut-être à ce prix. Elle le paierait sans problème, ayant toujours été davantage attirée par les mécanismes de la séduction que par l'acte qui la prolongeait. Le jeune magistrat n'en finissait pas de consigner ses déclarations à l'aide de la petite machine portable dont il usait avec une maladresse charmante. En s'attardant sur son profil aristocratique, ses boucles brunes et l'air de réserve distinguée qui émanait de sa personne, Ségolène songea qu'à défaut d'un amant, elle aimerait s'en faire un ami. Il n'était pas venu pour cela, il ne s'intéressait que professionnellement à elle, ayant sans doute à cœur de fréquenter dans sa vie privée des gens qui, de près ou de loin, n'avaient pas maille à partir avec la justice. Elle en reçut confirmation par la façon dont il prit congé, presque précipitamment, comme quelqu'un qui a besoin d'air frais ou qui est pressé de faire disparaître sous une bonne douche la souillure de certaines confidences. La silhouette ingrate de Simon traversa son esprit sur la pointe des pieds comme si le fantôme du fils Chrétien avait eu peur de la déranger. Il n'aurait pas chipoté, lui. Il la regardait avec les yeux de l'amour. Il aurait continué. Cela avait été le drame de Ségolène de plaire à ceux qui ne lui plaisaient pas et de laisser indifférents ceux en faveur desquels elle eût distrait quelques battements d'un cœur parcimonieux. Parce que l'ascension sociale d'une femme qui ne travaille pas dépend du volume de ses concessions sexuelles, elle avait cédé aux premiers et rejeté les seconds. Elle ne recommencerait pas ses erreurs. Plutôt vivre seule que de se retrouver quotidiennement nez à nez et ventre à ventre avec un homme qui, dans le meilleur des cas, ne pouvait lui inspirer que de la reconnaissance. Si le prince charmant s'était présenté, elle l'eût renvoyé, au prétexte que, comme les autres, il roterait à table et ronflerait au lit.

Le soir, avant de se coucher, elle se considéra longuement dans le bout de glace qui faisait office de miroir au-dessus du lavabo. Elle vit sur son front de nouvelles rides, sous ses yeux des poches qu'elle ne connaissait pas, mais elle fut surtout frappée par son amaigrissement général et par le teint cireux d'un visage qu'elle n'avait plus le courage de maquiller. Elle ne l'avait pas dit explicitement au jeune magistrat, mais c'était son plus lourd grief à l'encontre de Germain : il lui avait fait perdre sa beauté, sa fraîcheur et son énergie. Même si elle reprenait du poids et des couleurs, elle resterait au fond de l'âme une marionnette désarticulée, une vieille poupée avec laquelle n'essaieraient plus de jouer que des roquentins libidineux.

La nuit fut réparatrice. Le soleil brillait. Elle eut envie de sortir. Le règlement intérieur l'y autorisait pourvu qu'elle prévînt la surveillante et qu'elle se montrât exacte aux heures des repas. Le village proche de l'établissement lui parut une timide bande-annonce du grand univers : peu de passants dans les rues, de rares clients dans les boutiques, quelques voitures qui roulaient doucement, comme gagnées par le silence ambiant. Personne ne la regarda. Elle fit le tour complet de la bourgade, prenant le temps de s'arrêter devant un porche sculpté, de pousser une barrière pour mieux admirer un jardin, flânant devant les vitrines, humant les effluves de pain chaud qui s'échappaient des soupiraux de la boulangerie. Même ralentie, cette petite vie rurale la rassurait comme si elle eut appréhendé que durant sa maladie un mauvais génie n'ait rasé le monde, à l'exclusion de la clinique où elle se débattait entre ses tuyaux translucides. Ainsi l'univers continuait-il à vivre et elle aussi. On ne pouvait disparaître aussi facilement d'une planète qui survivait à autant de catastrophes naturelles ou d'imprudences humaines. Elle admira soudain que ses poumons respirassent et que son cœur battît. Ses fonctions vitales avaient été si menacées que leur reprise normale lui paraissait tenir du miracle. Et là où la vie reprenait ses droits, il ne pouvait pas y avoir que du désespoir. Certes, la solitude avait ses avantages, mais il ne fallait pas s'y confiner, sous peine d'être ignorée par une société que rendait méprisante, voire agressive, le trop peu de cas qu'on faisait d'elle. N'était-ce pas le moment de se rapprocher de ses enfants ? Exception faite pour la correspondance succincte échangée traditionnellement à l'occasion de la nouvelle année, ils ne donnaient pas signe de vie et elle ne se manifestait pas davantage. D'eux, elle savait seulement que Victor, toujours sous-officier, la rendrait bientôt grand-mère, ce qui ne lui causait nul plaisir, et que Marie-Ange, toujours coiffeuse, avait ouvert à Ambert, en Auvergne, un petit salon qui ne marchait pas fort. Aucune raison de pavoiser, aucun motif non plus de renoncer à tout contact. Les liens familiaux ne se rompent pas facilement mais dès lors que, faute d'affinités électives, on commence à prendre ses distances en faisant taire la voix du sang, le fossé se creuse inexorablement. Ségolène avait fourbi à ce propos une théorie d'un bel égoïsme qui lui avait permis de conserver bonne conscience lorsqu'elle avait quitté ses parents, se bornant là aussi à des vœux de bonne année, mais n'ayant pas l'idée de leur donner entre-temps un coup de téléphone ou de prendre des nouvelles de son père après la disparition de sa mère :

— Ce n'est pas parce qu'un grand-père a couché cinquante ans plus tôt avec une grand-mère qu'on doit perdre son temps en compagnie de gens sans intérêt qu'on ne fréquenterait pas s'ils n'étaient pas de la famille.

A l'inverse, prétendait-elle, les vrais proches sont

ceux que le hasard vous fait rencontrer et qu'on adopte après cooptation réciproque. Facilité dont elle n'avait jamais abusé, préférant s'aimer elle-même et supportant aussi mal les minables qui l'agaçaient que les gens brillants qui l'irritaient. Seule, Madeleine, jugée à la fois capable de l'écouter et pas incapable de lui répondre, avait trouvé grâce à ses yeux avant qu'elle fût cruellement punie de son manque de discernement par une trahison qui lui avait confirmé, une fois pour toutes, qu'on ne pouvait faire confiance à personne. La question se posait maintenant de savoir où elle irait lorsqu'elle quitterait « Les Chardonnerets ». Après un examen médical jugé satisfaisant, la directrice l'avait informée avec beaucoup de douceur que son séjour ne se prolongerait pas au-delà de la fin du mois car d'autres personnes, plus touchées qu'elle, sollicitaient leur admission. Henri Batisse vint aux « Chardonnerets » « pour faire le point ». L'héritage de Louis, amputé des nombreux chèques signés en faveur de Germain, du montant de l'achat de la Bentley (en revanche, le produit de la revente n'était jamais parvenu sur son compte), avait fondu. A telle enseigne que le banquier conseillait à Ségolène de donner congé d'un appartement dont le loyer dépassait ses maigres ressources. Ségolène hésita à signer le papier qui faisait d'elle provisoirement une SDF jusqu'au moment où Batisse lui révéla qu'au lendemain de l'arrestation de Germain, Madeleine avait vendu tous ses meubles. De mystérieux déménageurs avaient fait place nette. Il ne restait plus aucun des dérisoires « trésors » que Ségolène avait réunis

au hasard des brocantes et des coups de cœur. Si elle
avait voulu garder l'appartement, elle aurait dû le
meubler de nouveau complètement. Ce qui n'était
pas dans ses possibilités puisque, n'étant plus entretenue ni par un homme ni par la collectivité, Ségolène ne disposait aujourd'hui que d'un misérable
pécule. Batisse ne lui épargna pas ses entretiens avec
les policiers chargés de l'enquête, insista sur l'importance des dépositions qu'il avait faites, sur les
soupçons de séquestration et d'abus de confiance qui
s'étaient imposés à lui depuis bien longtemps. Puis,
il s'esquiva en souhaitant à Ségolène à la fois une
extrême prudence et des jours meilleurs. Des jours
meilleurs ! Elle tournait et retournait dans sa pauvre
tête ces deux mots vidés de leur substance par l'usage
abusif qu'en faisaient depuis des siècles ceux qui
n'avaient plus grand-chose à attendre de l'existence
et ceux qui n'osaient pas, par lâcheté ou par gentillesse, leur dire que lorsqu'ils auraient fini de manger
leur pain noir il n'y aurait plus de pain du tout. Sa
situation lui apparaissait, pour la première fois, nette
et quasi désespérée : une santé chancelante, des
finances à zéro, aucun avenir professionnel et sen-
timental puisqu'elle ne connaissait pas de métier, se
fatiguait vite et n'avait guère plus de courage au lit.
Qui s'enticherait encore d'elle et de quel homme
serait-elle capable de s'éprendre ? Comment se réins-
taller dans un logement convenable ? Comment
financer les indispensables dépenses de la vie quotidienne ? A toutes ces questions, elle ne pouvait
apporter que des réponses négatives puisqu'elle avait
perdu ce qu'on ne retrouve pas : la jeunesse, l'éclat,

l'envie de briller, la confiance en soi et, surtout, le faisceau d'illusions qui lui avaient permis de se croire supérieure aux événements et aux hommes. Elle n'était plus – horreur ! – qu'une de ces vieilles filles dont elle s'était si longtemps moquée, marquées par le temps, déçues par l'amour, désargentées, sans autre ambition que celle d'oublier durant la nuit – dans un sommeil naturel ou provoqué – les laideurs de la journée.

A la fin de la semaine, Ségolène boucla ses valises. Ce fut vite fait. Le choix du refuge avait fini par s'imposer parce qu'elle n'en voyait pas d'autre. Elle retournerait chez son père, dans la grande tradition des femmes déçues par les hommes. Devait-elle prévenir l'auteur de ses jours ? Elle hésita, puis décida de s'abstenir. Elle ne voulait pas courir le risque d'une fin de non-recevoir. Elle souhaitait renouer comme si elle était partie une heure plus tôt et n'entendait pas jouer l'enfant prodigue. La directrice l'accompagna jusqu'à la porte en la gratifiant du cruel et insipide « bonne chance » avec lequel, cent mille fois par jour, les directeurs des ressources humaines *(sic)* et les propriétaires récupérant leurs locaux se débarrassent des salariés superflus et des locataires encombrants. Dans la rue, elle éprouva un léger vertige dû, pensa-t-elle, à l'arrivée du printemps, à la liberté retrouvée et à la sensation diffuse qu'après un long entracte qui ne lui avait rien apporté, la grisaille reprenait ses droits et qu'elle n'en sortirait plus.

Dans le train, personne ne fit attention à elle. Aucun galant homme lui proposa de hisser sa valise jusqu'au filet. Pour éviter d'avoir à penser à ses fantômes – Louis, Germain et les autres –, elle prit le parti de somnoler.

Elle arriva vers midi à Tourcoing et dix minutes plus tard devant la mercerie paternelle. Si l'on excluait la détérioration de la façade dont la peinture s'était peu à peu écaillée jusqu'à former un monstrueux serpent livide et sale, rien n'avait changé. Les mêmes échantillons désuets garnissaient la vitrine centrale et lorsqu'elle poussa la porte elle fit retentir le même carillon aigrelet. Son père, qui était en train de servir une pratique, releva à peine la tête, comme s'il l'eût vue chaque jour durant les années où elle l'avait laissé sans nouvelles :

– Ah ! c'est toi...

Et il ajouta en passant derrière la caisse :

– Tu tombes bien. La vendeuse m'a quitté la semaine dernière.

Puis il décrocha le téléphone intérieur et appela la cousine qui tenait son ménage depuis la mort d'Hélène :

– Charlotte, mets une assiette de plus, la petite déjeunera avec nous.

Chassez l'originel, il revient au galop. Albert, son père, la boutique pleine d'odeurs familières et longtemps honnies, les clientes qui bavardaient une demi-heure avant de dépenser trois francs, la médiocrité paisible : Ségolène comprit qu'elle était redevenue Georgette.

DU MÊME AUTEUR

Les Passions du dimanche, éd. de l'Entreprise moderne
Carnets mondains, éd. de la Table Ronde (grand prix de
    l'Académie de l'humour, 1962)
Madame n'est pas servie, éd. de la Pensée moderne
Ultra-guide de Deauville
Paris la nuit
Petit Précis de sociologie parisienne, éd. Grasset
Lettre ouverte aux marchands du Temple, éd. Albin Michel
Comment devenir animateur de radio sans se fatiguer, éd. de
    la Pensée moderne
Un oursin dans le caviar, éd. Stock
La Cuisse de Jupiter (roman), éd. Stock
Impair et passe (Un oursin sur les tapis verts) (roman), éd.
    Stock
Du vinaigre sur les huiles, éd. Plon
Et si je disais tout..., éd. Stock
L'Huile sur le feu, éd. Mengès
En pièces détachées, éd. Presses de la Cité
Douze mois et moi, éd. Stock
Tous des hypocrites sauf vous et moi..., éd. Albin Michel
Un oursin chez les crabes, éd. Stock
Les Champions du loto, éd. Presses de la Cité
Les Grosses Têtes, Atelier Marcel Jullian
Les Fous Rires des Grosses Têtes, éd. Jean-Claude Lattès
Maximes au minimum, éd. Robert Laffont
Le Théâtre de Bouvard, éd. Jean-Claude Lattès
Le Petit Bouvard illustré, éd. Presses de la Cité
Les Grosses Têtes en folie, éd. Jean-Claude Lattès
Je ne l'ai pas dit dans les journaux, éd. Presses de la Cité
Pas de quoi être fier..., éd. Robert Laffont

Contribuables mes frères, éd. Robert Laffont
Cent Voitures et Sans Regrets, éd. Jean-Claude Lattès
Les Pensées, éd. Cherche-Midi
Riez avec les Grosses Têtes, éd. Cherche-Midi
Un homme libre (roman), éd. Grasset

AU THÉÂTRE

Au plaisir, Madame
Double Foyer

*Cet ouvrage a été composé
et achevé d'imprimer sur Roto-Page
par l'Imprimerie Floch à Mayenne,
pour les Éditions Albin Michel
en mars 1996.*

N° d'édition : 15483. N° d'impression : 39238.
Dépôt légal : mars 1996.

Imprimé en France